www.b-books.co.kr

www.b-books.co.kr

헌터 레볼루션

헌터 레볼루션

1판 1쇄 찍음 2019년 11월 13일
1판 1쇄 펴냄 2019년 11월 20일

지은이 | 정사부
펴낸이 | 정　필
펴낸곳 | (주)뿔미디어

편집장 | 문정흠
기획 · 편집 | 김대식

출판등록 | 2002년 9월 11일 (제081-1-132호)
주소 | 경기도 부천시 원미구 소향로 17번길(두성프라자) 303호 (우) 14544
전화 | (032)651-6513 / 팩스 032)651-6094
E-mail | bbulmedia@hanmail.net
비북스 | http://www.b-books.co.kr

값 8,000원

ISBN 979-11-90379-73-1 04810
ISBN 979-11-315-9849-8 04810 (세트)

※파본은 구입하신 서점에서 교환하여 드립니다.

BBULMEDIA FANTASY STORY

헌터 레볼루션

정사부 현대 판타지 장편 소설

6

1. 몬스터 웨이브

대격변 이후 지구의 문명은 우주의 개척보다는 차원 게이트와 몬스터의 출현에 맞춰 인류의 생존을 위협하는 몬스터에 대한 항쟁과 인류 생존에 대한 연구로 방향이 전환되었다.

그리고 그건 단순한 일이 아닌 최우선 순위가 되었고, 이에 따라 나라를 지키던 군대 또한 그에 발맞춰 개편되었다.

사실 대한민국은 기존에 핵개발과 핵도발로 한반도의 평화를 위협하던 북한을 억제하기 위해 많은 국방 예산을 투입해 군 과학화, 군 정예화를 추진하고 있던 터라, 이러한 개편이 다른 나라에 비해 상대적으로 빠르게 진행되었다.

이에 반해 국민의 안정보다는 정권의 안녕을 추구하던 북한은 낮은 GNP를 대부분 핵개발에 투입하고 있었고, 이로 인해 국제적인 제재를 심하게 받고 있었다.

하지만 그럼에도 불구하고 날로 발전하는 대한민국을 보며 정권과 체제에 위협을 느낀 북한 정권은 그것만이 자신들의 살길이라고 여겨 핵개발을 놓지 못했다.

그 때문에 차원 게이트와 그 속에서 튀어나온 몬스터를 제때에 막지 못해 결국 무너지고 말았다.

그와는 다르게 핵을 개발하던 북한의 위협을 막기 위해 군의 현대화와 첨단화를 추구하던 대한민국은 특수부대를 양성하고 정예화 하면서 게이트에서 튀어나온 몬스터를 적절히 처리해 최소한의 피해로 국민을 지키고 사회를 안정시켰다.

그렇지만 몬스터라는 너무도 생소한 새로운 적으로 인해 군은 더욱더 새롭고 빠른 개편이 필요해졌다.

소화기에도 피해를 입는 몬스터가 있는 반면, 중화기가 아니면 피해를 입히기 힘든 몬스터도 있었기 때문에 대한민국의 군은 선택을 해야만 했다.

기존 체계처럼 병력 위주의 대 몬스터 전략을 펼칠 것인지, 아니면 몬스터에 효과적인 특수부대 위주로 전략을 펼칠 것인지를 말이다.

그런데 여기서 문제가 드러나기 시작했다.

대한민국이 아무리 G20에 들어가는 국가가 되었다고는 해도 아직까지 대한민국은 다른 G20국가들에 비해 손색이 많았다.

군대란 경제가 뒷받침되지 않으면 그 규모를 유지할 수가 없다.

대한민국은 경제력이 세계 20위권이고 군대 순위는 세계 10위권 내의 군사 강국이었다.

다만, 대한민국을 둘러싼 주변 국가들의 군사력이 대한민국을 월등히 능가하는 강대국들이었기에 상대적으로 약했던 것뿐이었다.

하지만 10위권의 군사력은 잘 나갈 때에야 유지될 수 있는 것이지, 무언가 삐끗하면 이를 유지하기가 버거워질 수밖에 없었다.

대격변이 발생하면서 피해를 본 것은 대한민국이나 북한만이 아니었다.

전 세계적인 재앙이 지구에 발생한 것이다.

이 때문에 세계 경제는 타격을 입지 않을 수 없게 되었고, 이로 인해 수출로 먹고 살던 대한민국에게는 심각한 문제가 이중으로 닥치게 되었다.

그렇다 보니 기존처럼 보다 낙후된 군대를 가지고 있던 북한을 상대하면서 징집병을 모집하고 첨단 무기를 관리하던 전략으로는 문제가 발생할 수밖에 없었다.

그렇다고 두 번째 안건으로 나온 특수부대만 양성하는 방법도 투입되는 초기 비용을 생각하면 채택하기가 힘들었다.

그러다가 생각해 낸 방법이 예전에 실시하다 사라진 방위 제도의 부활이었다.

하지만 시대가 시대인 만큼 방위도 현역과 같은 2년 복무를 하게 되었다. 다만, 현역과는 다르게 그들에게는 몬스터의 땅이 된 몬스터 필드와 인류의 생활지의 경계에 있던 출입구를 경비하는 임무가 주어졌다.

그렇다면 현역병은 무엇을 하게 되었는가? 그들 중에 어떤 이들은 특수부대원이 되어 대 몬스터 작전을 펼치게 되었다.

그리고 세월이 지난 후 대 몬스터 특수부대는 그중 대부분이 헌터가 되면서 헌터 협회로 관리주체가 이관되었다.

또한 현역 군인들은 몬스터 필드 출입 경계와 기계화 군단에 소속되어 국토방위의 임무를 담당하게 되었다.

여기서 몬스터 필드 출입 경계는 기존에 있던 방위병의 임무에서 이어지는 것이었지만, 국토방위는 대격변 전에 주어졌던 군의 임무로 돌아간 것이었다.

대 몬스터 전투는 헌터들이 담당하고, 군은 이들을 지원하거나 혹은 이들이 현장에 도착하기 전까지 몬스터를 일시적으로 막는 임무를 수행했다.

하지만 군인은 헌터처럼 각성을 한 것도, 인체를 유전자

조작으로 강화한 것도 아니었기에 특수한 장비를 이용해야만 했다.

일반인이면서도 무서운 몬스터를 상대할 수 있는 방법은 각성이나 유전자 시술을 통한 강화뿐만 아니라 다른 방법도 있었는데, 그것은 바로 지구의 최첨단 과학기술을 이용하는 것이었다.

레이저 무기나 강력한 장갑과 화력을 갖춘 전차 등의 다양한 무기가 있었는데, 그중에서도 군인들이 가장 선호하는 것은 강화 슈트였다.

히어로 무비에 나오는 강철맨의 슈트와 같은 오버 테크놀로지는 아니었지만, 할리우드 영화배우인 톰 크루즈 주연의 '엣지 오브 투모로우'에 나오는 엑소 슈트는 이미 프로토타입을 넘어 각국에서 양산되고 있었다.

그리고 대한민국 군에도 이 엑소 슈트가 보급되어 몬스터의 진입을 막는 데 효율적으로 사용되고 있었다.

하지만 일반인도 2주라는 짧은 교육을 마치면 위험 등급 4등급의 몬스터까지는 상대할 수 있다는 장점을 가지고 있음에도 헌터들은 이를 사용하지 않고 있었는데, 이는 엑소 슈트가 너무도 고가이고 유지 보수 비용이 많이 든다는 점 때문이었다.

그에 반해 유전자 변형 시술은 적응 기간이 오래 걸리기는 해도 가격이 엑소 슈트에 비해 저렴하고 또한 유지 보수 비용이 전혀 들지 않는다는 점에서 헌터들은 엑소 슈트보다는 유전자 변형 시술을 선호했다.

그러나 헌터를 선택한 사람이라면 적응 기간이 길어도 상관이 없겠지만 군대는 아니었다.

복무기간이 겨우 2년뿐인데 유전자 변형 시술을 받고 적응할 때까지 교육을 시키면, 정작 제대로 써먹을 수 있는 기간은 채 1년도 되지 않았다.

하지만 엑소 슈트는 교육이나 적응 기간도 짧고, 이를 사용하던 병사가 전역한 뒤에는 다른 병사에게 주어 재사용까지 가능했다.

그런 이유로 군에서는 유전자 변형 시술보다는 비용이 더 들더라도 재사용이 가능한 엑소 슈트를 선호했다.

더욱이 병사가 유전자 변형 시술을 통해 헌터가 되면 그때부터 관리주체가 군대가 아닌 헌터 협회로 이관된다는 현행법 때문에, 더욱더 엑소 슈트를 통한 특수부대를 양성하는 쪽으로 발전할 수밖에 없었다.

그렇다 보니 군대는 자연스럽게 인적 자원 위주가 아닌 실질적인 군사력 위주로 개편될 수밖에 없었고, 이렇게 개편을 하다 보니 인적 자원이 줄어들게 되어 자연스럽게 통폐합이 이루어졌다.

그 결과, 통합사령부 산하의 사단 체계로 이루어졌던 기존 군대는 통폐합되면서 8개 군단이 되었다.

＊　　＊　　＊

그그그궁!

취익!

덜컹!

저벅! 저벅!

끼익!

경기도 양평의 소리산 인근은 군복을 입은 군인과 각종 전차, 그리고 장갑차가 갑작스럽게 들이닥치면서 커다란 소란이 일었다.

철컹! 철컹!

"최 사무장! 협회에서 온다던 헌터들은 아직이오?"

"지금 오고 있는 중이랍니다."

"제길! 곧 있으면 몬스터가 몰려온다는데, 지금 우리만으로 이걸 막으라는 거야, 뭐야!"

대한민국 육군 사령부 산하 3군단 1연대장인 장총찬은 인상을 구기며 투덜거렸다.

아무리 자신들이 최정예라고는 해도, 겨우 1천 명만으로는 지금 밀려오고 있는 몬스터 웨이브를 막을 수는 없었다.

자신들에게는 엑소 슈트와 120㎜ 최강의 주포가 달린 특수합금으로 방호되는 전차 35대, 그리고 장갑차 등도 있었지만, 이것만으로는 밀려드는 수만의 몬스터 웨이브를 막는 것은 불가능했다.

물론 인근에서 활동하던 헌터 길드와 클랜 등의 수많은 헌터들이 이번 몬스터 웨이브를 막기 위해 투입된다고는 했지만, 이도 장담할 수는 없었다.

그래서 헌터 협회의 직할 헌터 전대를 지원요청 했는데, 정작 그들은 아직도 도착을 하지 않고 있었다.

"다른 쪽은 어떻소?"

장총찬은 아직도 도착하지 않은 헌터 전대에 대한 불만을 애써 누그러뜨리고 다른 곳에 파견된 부대에 대한 질문을 했다.

"B1섹터에는 김현중 대령이 자리를 잡았고, C1섹터에는 김영철 대령의 부대가 진지구축을 완료했다고 합니다."

보고를 들은 장총찬이 눈을 빛내며 물었다.

"헌터들은?"

몬스터 웨이브를 막는 데 있어 가장 중요한 전력은 누가 뭐라 해도 헌터였다.

아무리 군이 엑소 슈트와 최신 전차 등으로 무장을 했어도, 몬스터를 효과적으로 처리하기 위해서는 뭐니 뭐니 해도 헌터가 제격이었다.

막말로 엑소 슈트와 최신 전차로 몬스터를 잡기 위해서는 엄청난 화력을 쏟아부어야만 했다.

한 방, 한 방이 강력한 전차의 주포라고는 해도 몬스터를 잡을 수 있는 숫자에는 한계가 있었다.

대한민국 주력 전차인 K—2의 적재탄수는 자동장전 16발에 예비탄 24발로, 총합 40발이 최대치였다.

즉, K—2 흑표가 최대 화력을 낼 수 있는 것은 40번이 전부라는 소리다.

이렇게 주포 40발을 모두 쏘고 나면 부무장인 기관총 두 정의 지원사격이 있을 뿐이었다.

엑소 슈트를 입은 장갑보병도 있기는 하지만 주력이라고 할 수는 없었기에, 결국 몰려드는 몬스터 웨이브를 막기 위해서는 헌터전력이 반드시 필요했다.

"C1섹터에는 현재 랭킹 11위인 케루빔 길드의 제2공대와 제4, 5공대, 그리고 중소 규모 길드의 헌터들까지 300명이 지원을 하고 있고, 김현중 대령이 있는 B1섹터의 경우에는 화랑과 인피니티에서 200여 명의 헌터가 나가 있습니다."

헌터 협회에서 파견된 최무식 사무장의 보고에 장총찬 소장은 작게 고개를 끄덕였다.

자신의 부하들이 있는 쪽에 대형 헌터 길드의 전력이 붙어 있다는 말을 듣고 내심 안심을 하는 눈치였다.

"다만, 몬스터 웨이브의 중심이 되는 이곳에도 500여 명의 헌터가 지원을 오기는 했지만, 5등급 이상의 고위 헌터의 숫자가 적어서 걱정입니다."

최무식은 장총찬 소장을 보며 조심스럽게 이야기를 했다.

몬스터 웨이브의 중심지인 이곳에 지원 나온 헌터의 전력이 다른 양쪽 날개에 지원을 간 헌터 전력에 비해 약했기 때문이었다.

원칙대로라면 가장 위험한 격전지가 될 이곳 중앙에 가장 강력한 전력을 포진시켜야 함에도 불구하고, 헌터 길드들은 자신들의 전력이 깎이는 것이 두려워 위험한 중앙이 아닌 양 사이드 지역에 자리를 잡고 있었다.

그러다 보니 상대적으로 발언권이 약한 중소 헌터 길드의 헌터들이 가장 위험한 중앙으로 몰리게 된 것이다.

그나마 다행인 것은 헌터 협회에서 파견되는 헌터 협회 직할의 헌터 전대가 이곳에 파견된다는 것이었다.

비록 정규 전대가 아니라 아직 전력이 부족한 제5전대이기는 하지만, 전원이 이런 몬스터 웨이브에 강력한 범위형 원거리 각성헌터였기 때문에 충분한 화력지원만 있다면 위험 등급이 4등급인 몬스터 웨이브 정도는 만 단위라도 상대할 수가 있었다.

다만, 적절한 지원이 트러블 없이 계획대로 이루어졌을 때의 이야기이기는 하지만 말이다.

"현재 전력이라면 충분히 막아낼 수 있기는 하지만, 피해를 최소한으로 하기 위해서는 협회 헌터가 빨리 도착을 해야 할 거요!"

장총찬은 짐짓 자신감을 내보이면서도 최소한의 피해란 말을 강조하며 헌터 협회에서 파견된 최무식 사무장을 압박했다.

최무식도 그런 장총찬 소장의 말이 무슨 뜻인지 알고 있었기에 조용히 고개만 끄덕였다.

"그럼 저는 그들이 어디쯤 왔는지 알아보기 위해 잠시 자리를 비우겠습니다."

최무식의 말에 장총찬 소장은 작은 손짓을 하며 나가보라는 대답을 대신했다.

그런 장총찬 소장의 모습에 최무식은 속으로 작게 한숨을 내쉬며 자리를 떠났다.

*　　　*　　　*

지휘소 막사를 나온 최무식은 막사에서 조금 떨어진 곳에 설치된 또 다른 막사를 향해 걸어갔다.

그곳은 헌터 협회에서 파견 나온 직원들이 자리를 잡고 있었는데, 그곳 주변으로 다수의 헌터들이 자유분방하게 앉아 있었다.

이들은 중소 규모의 헌터 길드에서 지원을 온, 아니 정확하게는 지원이 아닌 헌터 협회의 의뢰를 받고 온 헌터들이었다.

오늘처럼 갑자기 몬스터들이 이동을 하게 되면 주변에 영향을 주기 때문에 초기에 막지 못하면 자칫 커다란 재앙이 될 수도 있었다.

실례로 예전, 그러니까 6년 전에 이곳보다 북쪽인 화천군에서도 몬스터 이동이 있었다.

그런데 당시에 군은 이를 눈치 채지 못하고 있다가 뒤늦게 헌터 협회에 SOS를 쳤고, 그때는 이미 몬스터의 숫자만 해도 5만 마리 이상의 군단이 되어 있었다.

더욱이 화천은 산악지형이라 군대가 움직이기도 버거울 뿐만 아니라, 대규모 인원이 움직이는 데도 힘이 들 수밖에 없었다.

그렇다 보니 제대로 대처하지 못해 5만이던 몬스터의 숫자는 남쪽으로 내려올수록 그 규모가 커져만 갔다.

나중에는 몬스터에 의해 강원도청이 있는 춘천까지 쑥대밭이 될 수도 있는 지경에 이르러 있었다.

그때서야 헌터 협회에서는 급하게 각 대형 길드에 지원을 요청했고, 또 헌터 협회도 직할 전대들을 불러들여 춘천으로 파견했다.

그렇게 급히 일을 처리하다 보니 피해는 피해대로 보고 소득은 별로 없는 결과를 초래했다.

그러한 사고를 한 번 당하고 나자 정부는 물론이고, 헌터 협회에서도 책임자 처벌과 함께 재발 방지를 위해 보고체계를 보완했다.

널리 퍼져 있던 몬스터의 동향을 파악하기 위해 인공위성 감시는 물론이고, 기구와 비행선까지 띄워 2중 3중으로 감시체계를 구축한 것이었다.

그와 함께 헌터 보안법을 수정하여 비상사태 발생 시 헌터 길드에 대한 동원령을 강화했다.

물론 헌터 길드들의 반발이 있기는 했지만, 인류 생존의 문제가 걸린 일이었기에 헌터 협회는 물론이고, 정부 또한 헌터 길드의 반발을 묵살했다.

헌터 길드를 후원하던 재계도 정부와 헌터 협회의 너무도 강력한 의지에 흠칫하며 한 발 물러설 수밖에 없었다.

그 뒤로는 몬스터 웨이브나 돌발 게이트 브레이크가 발생했을 때, 대형 길드들은 헌터 길드에 대한 동원령에 불만을 가지면서도 따라야만 했다.

자칫 매국노 내지는 돈만 밝히는 이코노미 애니멀이란 꼬리표가 붙을 수도 있기 때문이었다.

그렇지만 강제동원이 되다 보니 길드들은 몬스터를 상대하는 데에 있어 자신의 일처럼 적극적으로 나서지 않았고, 조금이라도 안전한 지역에 배치받기를 원하면서 길드의 영향력을 이용하기도 했다.

이런 이유 때문에 정작 힘이 약한 헌터나 헌터 길드의 경우에는 가장 위험한 곳으로 몰릴 수밖에 없었다.

참으로 불합리한 일이기는 했지만 이것도 약육강식의 자연스러운 현상일 뿐이었다.

이런 불합리한 일을 당하지 않기 위해서는 본인이 강해질 필요가 있었다.

그 외에는 거대 헌터 길드에 들어가는 방법뿐이었다.

협회 임시 지휘부 막사의 주변에 앉아 있던 헌터들을 잠시 둘러보던 최무식은 조용히 막사 안으로 들어갔다.

"어디쯤 온다고 하던가?"

막사 안으로 들어간 최무식은 직원들을 보고 무미건조하게 물었다.

그런 최무식의 말을 이해한 것인지 모니터를 보던 직원 한 명이 대답을 했다.

"5분 뒤에 도착한다고 합니다."

"5분 뒤? 예상보다 빠르군."

"아 그게, 협회에서 헬기를 타고 출발했다고 합니다."

"그래? 그런데 헬기를 탔는데도 5분 뒤라고?"

5분 뒤에 도착한다는 소리에 생각보다 빠르다는 말을 하던 최무식은, 차량이 아닌 헬리콥터를 이용한다는 말에 보다 더 빠르게 도착할 수가 있었는데도 예상보다 늦었다는 사실을 깨닫고는 의아해했다.

"새로운 장비를 구입하느라 늦었다고 했습니다."

"아!"

부하직원의 대답에 최무식은 고개를 끄덕일 수밖에 없었다.

아무리 헌터 협회 직할 전대의 전력이 막강하다고는 하지만 고위 헌터도 한계는 있기 마련이다.

고위 헌터라 해도 사람이었기에 자신의 안전을 위해 보다 좋은 장비를 구입하는 것은 당연한 것이었다.

그렇기에 차량을 이용해서 오든 헬기를 타고 오든, 시간에 맞춰 오기만 하면 그만일 터였다.

* * *

두두두두!

서울에 있는 헌터 협회에서부터 몬스터 웨이브가 일어난 경기도 양평군 소리산까지 이동하기 위해 헬리콥터는 부지런히 프로펠러를 돌리고 있었다.

몬스터 웨이브를 막기 위해 헌터 협회 직할의 특무부대인 팀 유니콘 제5전대는 원래 개인 차량을 이용해 이동할 생각이었다. 하지만, 뜻하지 않은 일로 인해 차량으로 이동해서는 시간에 맞출 수 없겠다는 판단을 하고 헬기로 이동하는 중이었다.

팀 유니콘의 제5전대에게 일어난 뜻하지 않은 일이란,

다름이 아니라 재식이 준 아티팩트 때문이었다.

팔찌 형태의 3클래스 실드 마법이 인첸트 된 그것에 대한 성능시험을 하기 위해 잠시 시간을 지체하게 된 것이었는데, 시험은 대성공이었다.

더욱이 5개나 되는 아티팩트가 하나도 불량 없이 완벽하게 시전된 것에 대해 재식은 말로 표현하지는 않았지만 너무도 기뻤다.

또한 재식에게서 이 선물을 받은 제5전대 멤버들 또한 하나 같이 기뻐했다.

말로는 쉽게 고맙다고 했지만, 사실 아티팩트는 그리 쉽게 선물을 하고 받을 수 있는 물건이 아니었다.

아티팩트는 던전 내에서도 아주 가끔씩 발견되는 물건으로써, 그 값어치가 이루 헤아릴 수 없을 정도로 비쌌다.

그 때문에 제5전대 멤버들은 처음에는 자신이 만든 아이템이라는 재식의 말에 반신반의 하면서 그저 자신들을 위해 무언가를 만들어 선물해준 것에 고마워했을 뿐이었다.

하지만 성능시험을 통해 재식이 선물한 팔찌가 그저 말만 그런 것이 아니라 자신들의 속성 공격을 모두 막아내는 것을 보고 깜짝 놀라고 말았다.

최대 출력의 공격은 아니었지만 자신들이 쏘아낸 공격에는 위험 등급 5등급의 몬스터라도 충분히 대미지를 입힐만한 힘이 담겨 있었다. 아무리 헌터라도 쉽게 막아낼 수 있는 공격이 아니었다.

그런데 그런 공격을 팔찌가 막아낸 것이다.

그것도 팔찌를 착용한 사람에게는 전혀 피해를 주지 않고 말이다.

그 때문에 최수연을 비롯한 다른 4명도 자신들이 선물 받은 팔찌의 성능을 시험하느라 시간이 지체된 것이었다.

그래서 어쩔 수 없이 협회까지 타고 왔던 자신들의 차량은 협회 주차장에 세워둔 채 협회에 있던 헬리콥터를 타고 현장으로 출동하는 중이었다.

그런데 몬스터 웨이브가 일어나는 소리산까지 가는데, 헌터 협회 소속이 아니라 프리랜서인 재식도 헬리콥터에 올라 함께 이동하고 있었다.

"누나! 전 협회 소속도 아닌데, 굳이 저까지 가야 돼요?"

이미 하늘 위였지만, 재식은 조금 전에 자신을 억지로 헬리콥터에 태운 수연에게 아직도 하소연을 하고 있었다.

"그렇기는 하지만 네가 준 팔찌가 실전에서 어떻게 작용하는지 직접 눈으로 확인하는 것이 좋지 않겠어?"

수연은 헬리콥터에 오른 후 이동하는 내내 찡얼거리던 재식을 향해 빙그레 미소를 지어보이며 대답했다.

하지만 그녀들에게 자신이 만든 팔찌만 전해주고 따로 사냥을 나가려던 계획이 어그러진 재식은 불만을 토로하지 않을 수가 없었다.

"오빠, 남자가 무슨 불만이 그리 많아요? 어차피 저희에게는 팔찌만 주고 혼자서 몬스터 헌팅을 가려고 했던 것 아니에요?"

"그건 그렇지."

"그럼 잘 된 거잖아요? 어차피 몬스터 헌팅을 가려던 것이었으니 지금 우리랑 같이 몬스터 웨이브가 일어나고 있는 소리산으로 가서 원 없이 잡으면 되잖아요."

미나는 맞은편에 앉아 있는 재식을 보며 그렇게 이야기했다.

언뜻 들어보면 그녀의 말이 맞는 듯도 하지만, 사실 그 말에는 어폐가 있었다.

재식이 혼자 몬스터 필드에 들어가 사냥을 하면 사냥으로 얻어지는 모든 것은 재식의 소유가 된다.

물론 거기에는 세금과 헌터 협회 발전기금을 뺀 금액이라는 전제가 붙기는 하지만, 어찌 되었든 몬스터에게서 얻어지는 모든 것이 재식의 몫이라는 점은 달라지지 않는다.

하지만 몬스터 웨이브가 발생하고 그곳에 참가한 헌터의 경우에는 그렇지 않았다.

우선 몬스터 웨이브가 발생하면, 일단 헌터 동원령이 발령된다.

물론 전국에 있는 모든 헌터가 아닌, 몬스터 웨이브가 발생한 지역에서 활동 중인 헌터나 헌터 길드가 그 대상이었다.

그리고 그렇게 동원령에 의거해 몬스터 웨이브를 막는 과정에서 어떤 헌터들이 몬스터를 잡았는지 불분명하기 때문에 헌터 협회에서는 사건이 끝난 뒤 몬스터를 일괄 회수하여 절반은 세금으로, 그리고 남은 50% 중 5%를 헌터 협회 발전기금으로 거둔 뒤, 남은 45%를 가지고 몬스터 웨이브를 막는 데 동원된 사람들에게 분배해주었다.

　그런데 여기서 문제가 되는 것은, 이 45% 또한 전부 헌터들에게 분배되지는 않는다는 것이었다.

　몬스터 웨이브를 막기 위해서는 헌터들뿐만 아니라 군대도 동원되기 때문이었다.

　몬스터를 잡는 데 큰 도움은 되지 못하더라도, 군대가 동원되고 또 군대의 물자가 모두 고가의 장비들이다 보니 그들이 사용한 탄약과 포탄이나 미사일 등의 가격을 정산한다는 명목으로, 몬스터 웨이브의 규모에 따라 다르기는 하지만 거의 20%~30%까지 떼어갔다.

　그 말인즉슨, 결론적으로 헌터들에게 배당되는 것은 최소 15%에서 최대 25%정도의 금액일 뿐이고, 그마저도 대형 길드에서 파견 나온 고위 헌터와 몬스터 웨이브로 인해 동원령이 떨어져 인근에서 어쩔 수 없이 올 수밖에 없었던 헌터들이 같이 분배를 해야 한다는 소리였다.

　그러다 보니 솔직히 몬스터 웨이브로 인해 헌터 개인에게 떨어지는 금액은 얼마 되지 않았다.

그러한 사실을 잘 알고 있던 재식으로서는 혼자 사냥을 하는 것이 몬스터 웨이브를 막는 것보다 훨씬 돈이 되는 일이었다.

그랬기에 지금의 상황에 불만을 토로하는 것이었다.

최수연이나 5전대 멤버들에게서 도움을 받은 것은 고마운 일이었지만 이건 아니라는 생각이 들었다.

"무슨 소린지 알겠는데, 너도 몬스터 웨이브를 한 번 경험해 보는 것도 좋지 않아? 몬스터 웨이브는 단순히 몬스터의 숫자가 엄청 많은 정도가 아니라……."

가만히 대화를 듣고 있던 권인하는 재식이 무엇 때문에 출발한 직후부터 계속해 전대장인 수연에게 징징거리고 있는지를 깨닫고는 이야기에 끼어들었다.

그런 권인하의 말에 재식은 순간 가만히 생각을 하게 되었다.

'몬스터 웨이브를 경험한다고?'

그러고는 이 일이 쉽게 생각할 문제만은 아니라는 것을 깨달았다.

몬스터 웨이브는 위험 등급 7등급 이상의 보스 몬스터와는 또 다른 인류의 재앙이었다.

위험 등급과는 별개로 몬스터 웨이브는 인간에게 심각한 타격을 줄 수 있었다.

그게 무슨 말인가 하면, 한 지역에 존재하는 몬스터가 이동을 하게 되면 다른 지역에 자리를 잡고 있던 몬스터에게 도 영향을 미친다.

몬스터라고 해서 모두 인간만 먹이로 생각하는 것이 아니라, 다른 몬스터 또한 힘의 논리에 의해 먹이로 삼을 수도 있었다.

이러한 이유 때문에 강한 몬스터가 자신의 영역을 침범하게 되면, 보다 약한 몬스터는 자신의 안녕을 위해 원래 있던 터전에서 다른 지역으로 도망을 치게 된다.

이런 작용들이 연쇄반응으로 벌어져 그것이 몬스터 대이 동인 몬스터 웨이브가 되는 것이다.

이렇게 한 번 몬스터 웨이브가 발생하게 되면, 그 뒤로는 단순히 먹이사슬에 의한 싸움이 아니라 몬스터들이 다 함께 이동을 하면서 인간을 먹이로 삼아 찾아다니기 시작했다.

그 이유에 대해서는 학자들마다 주장하는 바가 분분했다. 하지만 가장 설득력 있는 학설은, 아무리 강력한 몬스터라 해도 대규모 웨이브가 일어날 정도로 몬스터가 많아지게 되면, 약한 몬스터라도 함부로 공격을 하지 못한다는 것이었다.

배를 채우기 위해 사냥을 하다 자칫 상처라도 입게 된다면, 다른 몬스터들에게서 공격을 받아 자신도 다른 몬스터에게 먹이가 될 수도 있다는 것을 알기 때문이라는 주장이었다.

이 학설은 실제로 정글에서 자주 일어나는 현상이기도 했다.

사자가 백수의 왕으로서 먹이사슬의 가장 꼭대기에 있다고는 해도, 상처 입은 사자가 보다 약한 하이에나 무리에게 되레 사냥을 당하는 경우 또한 종종 있기 때문이었다.

몬스터의 세계도 이러한 문제로 숫자가 어느 한계 이상으로 불어나게 되면 상위 몬스터라도 쉽게 다른 몬스터를 공격하지 못했고, 같은 종이 아니더라도 함께 움직이면서 보다 안전하게 사냥할 수 있는 먹이를 찾아다녔다.

그리고 여기서 먹이란, 자신들에게 치명적인 상처를 입힐 수 없는 동물이나 인간들이 될 터였다.

재식은 이런 몬스터 웨이브와 몬스터의 습성에 대해서 예전에 들었던 기억을 떠올리며 생각을 정리했다.

"네, 무슨 말인지 알겠어요. 대신……."

"응? 대신 뭐? 뭐든 말만 해! 들어줄 수 있는 거면 내 직권으로 꼭 들어줄게!"

재식이 어느 정도 납득하는 것 같아 보이자 수연은 얼른 대답을 했다.

"그럼 제가 잡은 몬스터는 제 몫으로 인정해주세요. 관행이란 말로 떼어가지 말고요."

몬스터 웨이브에 동원된 헌터의 처우에 대해 잘 알고 있던 재식은 그렇게 자신의 몫에 대해 선을 그었다.

"알았어! 그건 헌터 특무대인 팀 유니콘 제5전대장의 직위로 허락할게!"

헌터 협회 직할의 헌터 특수부대인 팀 유니콘의 전대장이라는 직위는 결코 낮지 않았다.

대한민국 헌터들 중 상위에 속하는 7등급의 고위 헌터로서, 그 위상은 일반 대형 길드의 헌터 이상의 권위를 가지고 있었다.

이들은 사익을 취하는 길드 소속의 헌터들과는 다르게 공익과 나라와 국민을 위해 자신의 사익까지 포기한 채 목숨을 내놓고 인류를 위협하는 몬스터들과 최전선에서 싸우는 사람들이었다.

그래서 정부와 세계 연합은 헌터 길드 소속이 아닌 이들 국가 소속 헌터나 세계 연합 직속 헌터들에게 무한한 존경과 함께 상당한 권한을 주었다.

그리고 지금 최수연은 그렇게 자신에게 부여된 권한을 이용해 재식에게 특혜를 준 것이었다.

헌터들의 장비인 헌터 브레슬릿에는 고감도 카메라와 녹음장치가 장착되어 있어서 몬스터 웨이브 중에도 헌터의 행동을 마치 비행기의 블랙박스처럼 기록할 수 있었다.

그러니 몬스터 웨이브 도중이라 해도 하려고만 하면 헌터 협회에서는 어떤 헌터가 무슨 몬스터를 잡았는지 조사하고 그에 따른 보상도 할 수 있었다.

하지만 몇 백 명이 넘어가는, 어쩌면 천 단위의 헌터들이 동원되는 몬스터 웨이브에 참여하고 있는 헌터들의 캠을 일일이 검사하여 보상을 한다는 것은 배보다 배꼽이 더 커질 수도 있는 일이었기에 자신들 편한 대로 보상을 지급했던 것뿐이었다.

그러나 팀 유니콘의 제5전대장인 최수연이 허락을 했으니 재식만은 헌터 브레슬릿에 기록된 대로 보상을 받을 터였다.

"목적지에 도착했습니다. 준비해 주십시오."

막 대화가 끝나는 순간, 헬리콥터 조종사가 뒤에 타고 있던 최수연과 제5전대, 그리고 재식이 들을 수 있도록 목적지에 도착했음을 알려왔다.

*　　　*　　　*

슈슈슈슈!

탁!

헬리콥터에서 가장 먼저 내린 사람은 제5전대장인 최수연이었다.

그리고 부전대장인 권인하를 비롯해 멤버들이 순차적으로 내렸고, 객원멤버인 재식이 가장 늦게 헬리콥터에서 내렸다.

"어?"

막 헬리콥터에서 내린 최수연을 맞이하던 최무식은 모르는 얼굴이 보이자 깜짝 놀라는 표정을 지었다.

팀 유니콘의 제5전대 멤버가 전원 여성 각성자로 구성되어 있음을 잘 알고 있던 그로서는 헬리콥터에서 제5전대를 따라 내리는 재식을 보고 놀라지 않을 수 없었다.

그런 최무식의 모습에 최수연은 얼른 재식을 그에게 소개했다.

"능력 있는 협력자를 데려오느라 늦었어요."

"네?"

"최 사무장님도 들어보셨을 거예요. 6등급 헌터 라이선스 갱신 시험에서 S급 헌터가 나왔다는 이야기요."

"그런데……."

최무식은 S급 헌터라는 소리에 자신도 모르게 재식을 쳐다보았다.

"그래요. 지금 보고 계신 그 사람이 바로 S급 6등급 헌터인 정재식 헌터예요."

수연은 마치 무슨 비밀이라도 이야기하는 것처럼 말을 하다 말고 최무식에게로 한 걸음 다가가 낮은 목소리로 귓속말을 했다.

"지금 저희 헌터 협회로 꼬시기 위해 작업 중이에요."

하지만 아무리 작은 목소리로 이야기를 했다 해도, 인간

이상의 청력을 가지고 있던 재식에게는 너무도 선명하게 들렸다.

'큭!'

수연의 말에 재식은 속으로 헛웃음을 지었지만 기분이 나쁘지는 않았다.

연상이기는 하지만 오래전부터 가지고 있던 호감과 또 자신을 위기에서 구해준 은혜 등을 생각하면, 조금 전에 선물해준 팔찌만으로는 그 은혜를 전부 갚았다고 말할 수가 없었다.

그렇게 고마움을 느끼고 있던 대상인 수연이 비속어까지 섞어가며 다른 사람에게 자신을 꼬신다는 말을 하자, 재식은 자신도 모르게 가슴이 뛰었다.

그녀의 꼬신다는 말은 자신을 헌터 협회 소속으로 만들겠다는 뜻이었지만, 또 한편으로는 자신을 연인으로서 꼬시고 싶다는 말처럼 들리기도 했기 때문이었다.

"아, 네. 알겠습니다. 일단 지휘 사령부로 가셔서 이번 몬스터 웨이브를 막기 위해 출동한 3군단 1연대장인 장총찬 소장을 만나 작전 브리핑을 들어야 합니다."

최무식은 최수연에게 일단 우선적으로 해야 할 일을 언급했다.

"알겠어요."

수연은 최무식과 대화를 마치고 뒤를 돌아보았다.

어느새 권인하를 비롯한 제5전대 멤버들과 재식이 그녀의 곁에 다가와 서 있었다.

"시간이 얼마 없는 관계로 지금 바로 합동작전을 펼칠 군 지휘관과 작전에 대한 회의를 할 예정이다. 모두 함께 들어간다."

"저도요?"

재식은 수연의 말에 자신도 들어가야 하냐는 물음을 던졌다.

"물론, 너도 포함이야!"

어느 순간 수연은 친구 누나에서 카리스마 넘치는 헌터 협회 특무대 제5전대장으로 돌아가 있었다.

그런 최수연의 모습에 재식은 순간 다시 한번 심장이 두근거렸다.

두근! 두근!

'헉!'

저벅! 저벅!

저벅! 저벅!

최수연이 선두에서 걸어가고 제5전대 멤버들이 그녀의 뒤를 따랐다.

그녀들은 조금 전까지만 해도 몬스터를 상대로 결전을 벌이는 것이 아니라 마치 피크닉이라도 가는 것 같은 모습이었지만, 지금은 그런 모습은 전혀 없이 최수연이 그랬던 것처럼 날이 바짝 선 표정들이었다.

그런 모습을 지켜보던 재식은 자신도 모르게 어깨를 펴고
는 굳은 표정으로 그녀들의 뒤를 따라갔다.

2. 웨이브 속으로……

전투 지휘 사령부가 꾸려진 막사 안으로 들어가자 그 곳에서는 많은 사람들이 모니터를 보며 분주히 무언가를 하고 있었다.

재식이 그들이 들여다보고 있던 것을 언뜻 스쳐가며 보니 모니터 안에는 이 일대의 항공사진과 위성사진들이 즐비하게 떠올라 있었다.

우웅! 우웅!

웅성! 웅성!

"어디까지 접근했나?"

잠시 군인들의 모습을 바라보던 재식은 막사 한쪽에서 누군가가 큰 목소리로 소리 지르는 것을 듣고는 그쪽을 돌아 보았다.

"장총찬 소장님!"

그런데 소리를 지르고 있는 군인의 곁에는, 조금 전에 헌터 협회의 사무장이라고 소개를 받았던 최무식이 다가가 말을 걸고 있었다.

'아! 저 사람이 오늘 현장을 지휘할 사람인가 보네!'

몬스터 웨이브를 상대로 직접 전투를 하는 것은 헌터가 주체였지만, 전장의 지휘는 군 지휘관이 하게 되어 있었다.

헌터는 몬스터를 상대하는 것에 특화된 사람들이기는 해도, 이렇듯 대규모 전쟁은 수행할 능력이 없었기 때문이다.

자신보다 등급이 낮은 100마리 미만의 몬스터나 소수의 1~2등급 몬스터 레이드야 상관이 없었지만, 그 이상이면 솔직히 헌터라도 피해를 입을 수밖에 없었다.

그랬기에 이렇듯 대규모 병력이 동원되는 경우에 한해서는 군 지휘관이 전장지휘를 하도록 지침으로 정해져 있었다.

솔직히 이러한 지침도 사실상 수많은 시행착오 끝에 나온 규칙이었다.

그러니 몬스터 웨이브를 맞아 전투에 들어가기 전에 지휘관이 어떤 식으로 전장을 지휘할 것인지에 대해 개략적인 내용을 듣고 전투에 임해야 했다.

"여기 이분이 바로 헌터 협회의 특무부대인 팀 유니콘의 제5전대장님이고, 그 뒤로는 전대원들입니다."

최무식은 전장지휘를 하던 장총찬 소장에게 최수연과 제 5전대원들을 소개했다.

"아, 그렇습니까? 시간에 맞게 와주셔서 감사합니다."

장총찬은 조금 전까지만 해도 헌터 협회에서 올 지원군이 도착하지 않는 것에 화를 내고 있었지만, 본격적인 몬스터 웨이브와 조우하기 전에 다행히 시간 맞춰 지원군이 도착하자 말투가 부드러워졌다.

그리고 소개를 받은 제5전대원들이 전부 젊고 아름다운 미녀들이란 것 또한 그의 말투가 변한 것에 한몫을 했다.

갑자기 부드럽게 바뀐 장총찬 소장의 말투에 막사 안에 있던 군인들은 일제히 놀란 표정으로 그 모습을 지켜보았다.

하지만 그것도 잠시, 헌터 협회에서 나온 지원군 외에 아직 소개를 받지 못한 인원이 있는 것에 장총찬은 굳은 표정으로 최무식을 쳐다보았다.

그런 장총찬 소장의 표정에 최무식보다 먼저 최수연이 나서 재식을 그에게 소개했다.

"이쪽은 저희가 특별히 모신 S급 헌터입니다."

"S급 헌터요?"

장총찬은 S급 헌터를 지원군으로 데려왔다는 말에 깜짝 놀랐다.

아무리 군인이라고는 하지만 장총찬도 S급 헌터가 어떤

존재인지 잘 알고 있었다.

강력한 헌터 중에서도 특별한 능력을 가진 존재들이 바로 이 S급 헌터들이고, 대한민국에도 몇 없는 것이 바로 S급 헌터였다.

그러니 자신이 지휘할 전장에 S급 헌터가 나타난 것에 기분이 고무될 수밖에 없었다.

"반갑습니다. 특수3군단 1연대장인 장총찬 소장이라고 합니다."

장총찬은 재식을 보며 비록 자신보다 어린 나이기는 하지만 S급 헌터라는 소리를 들었기에 정중히 자기소개를 했다.

"아! 예, 정재식이라고 합니다."

2년 전까지만 해도 재식은 군인이었다.

그 이후 짧은 사회생활을 하다 바로 헌터가 되어 지금에 이르렀다.

그렇다 보니 제대한 지 2년이나 지난 지금도 군인으로서의 의식이 아직도 조금은 남아 있었다.

그 때문에 별까지 단 소장이 존칭까지 써가며 자신을 소개하는 모습에 조금 어색하게 대답이 나올 수밖에 없었다.

"소개는 이 정도로 하고, 여기를 봐주시기 바랍니다."

장총찬은 어느 정도 소개가 끝나자 바로 작전 회의에 들어갔다.

몬스터 웨이브가 닥쳐오고 있는 상황인지라 다른 헌터들

보다는 지금 이 자리에 있는 팀 유니콘의 제5전대와 S급 헌터인 재식의 활약이 무엇보다 중요했다.

솔직히 이들이 이곳에 있는 전력의 절반 이상을 차지하고, 또 이들이 어떤 활약을 하느냐에 따라 앞으로 닥칠 부하들의 피해가 결정되기 때문에 장총찬은 신중하게 위성사진을 보며 작전회의를 진행했다.

"현재 이곳으로 내려오고 있는 몬스터 웨이브는 그 주류가 놀과 코볼트지만, 40여 마리의 오크와 30여 마리의 웨어울프, 그리고 5등급 몬스터인 트롤의 모습도 보이고 있습니다."

장총찬은 위성사진과 항공사진, 그리고 정찰 드론을 통해 몬스터 웨이브를 지켜본 내용을 제5전대와 재식에게 들려주었다.

하지만 이 말을 들은 팀 유니콘 제5전대원들이나 재식의 표정은 별반 달라진 것이 없었다.

오히려 장총찬 소장의 이야기를 모두 들은 정미나를 비롯해 헌터 협회에서 나온 제5전대의 멤버들은 조금은 실망했다는 표정들이 역력했다.

재식에게서 아티펙트 팔찌를 선물 받은 후 그것을 처음 착용하고 실전에 나간다는 것에 고무되어 헬리콥터를 타고 오는 내내 흥분해 있었는데, 막상 이곳에 와서 브리핑을 듣고 보니 이름만 그럴듯한 몬스터 웨이브지 내용은 쭉정이들

뿐이기 때문이었다.

그리고 사실 재식도 이들과 비슷한 생각이었다.

몬스터 웨이브 무리에 트롤이 보인다고는 하지만, 트롤 정도는 자신 혼자서도 얼마든지 처리가 가능한 몬스터였다.

S급 헌터가 괜히 S급이 아닌 것이다.

만약 지금 이곳으로 몰려오는 몬스터 웨이브의 주체가 2등급 몬스터인 놀이나 코볼트가 아닌 그보다 한 단계 높은 오크만 되었어도 조금은 긴장을 했을 터였다.

오크는 무리를 지었을 때 등급에 비해 변수가 참으로 큰 몬스터이기 때문이었다.

오크는 기본적으로 위험 등급이 3등급이었다.

그리고 무리를 지휘하는 전사 오크쯤 되면 4등급에 해당되고, 100여 마리 이상을 지휘하는 대전사나 오크 족장, 그리고 이능을 가진 오크 샤먼 정도가 되면 위험 등급이 트롤과 같은 5등급으로 높아졌다.

그리고 1천 마리 이상의 오크를 지휘하는 오크 대족장은 트롤보다 더 높은 위험 등급인 6등급으로 책정되었다.

이 정도만 되어도 웬만한 도시 정도는 가뿐히 쓸어버릴 정도의 강력한 전투력을 가지고 있었다.

그런데 여기서 한 등급 더 올라간 오크 로드 정도가 나타나면, 그것은 도시 정도가 아니라 국가 단위의 재앙이라고 할 수 있었다.

오크라는 몬스터의 정점에 있는 오크 로드는 기본이 1만 마리 이상의 오크와 오크 전사, 그리고 오크 대전사, 샤먼 등을 거느리고 있었다.

그리고 오크가 가장 무서운 점은, 몬스터임에도 이들이 전쟁에서 인간처럼 무기를 지닌 채 전략전술을 사용한다는 것이었다.

그저 단순하게 힘만 센 몬스터가 아니었기에 인류가 상대하기에 상당히 까다로운 몬스터였다.

그런데 이번 몬스터 웨이브의 주체는 그보다 한참이나 능력이 떨어지는 놀과 코볼트이고, 오크도 몇 마리 되지 않았으며, 또 오크보다 위험 등급이 높은 웨어울프나 트롤도 몇 마리 되지 않았다.

이 정도면 재식이 나설 필요도 없이 범위 공격에 특출한 제5전대만 나서더라도 충분히 커다란 위험 없이 몬스터 웨이브를 막아낼 수 있을 터였다.

그러니 장총찬 소장의 말을 들은 제5전대 멤버들이 실망한 표정을 짓더라도 이상할 게 없는 것이었다.

"겨우 이 정도에 우릴 부른 거예요?"

제5전대의 막내인 정미나가 고개를 돌려 헌터 협회의 사무장으로서 이곳에 파견 나온 최무식을 보며 물었다.

아니 따졌다. 헌터 협회 직속의 특무대인 팀 유니콘의 제5전대는 비록 전대장인 최수연을 비롯해 12명 완편이 된 전대는 아니었지만, 이 정도의 몬스터 무리를 상대하기 위해 파견 나온다는 것은 말도 되지 않는 일이었다.

'무슨 일이지?'

하지만 정미나나 다른 제5전대 멤버들이 무슨 생각을 하는 것인지 알지 못하던 장총찬 소장은 정미나와 최무식이 하는 이야기를 멍한 표정으로 지켜만 볼 뿐이었다.

"그건 내가 결정한 문제가 아니잖아! 그리고 비록 여타 몬스터 웨이브에 비해 위험요소가 적다고는 해도, 일단 몬스터 웨이브야! 어떤 돌발 상황이 나타날지 모르는 것이 몬스터 웨이브란 것을 모르지는 않을 텐데!"

최무식은 자신을 향해 쏘아붙이듯 말을 하는 정미나에게 눈살을 찌푸리며 윽박질렀다.

그런 최무식의 반응에 정미나는 순간 아차 싶었다.

아무리 팀 유니콘 소속이라고는 해도 자신은 일개 대원이었고, 그에 반해 최무식은 행정직이기는 하지만 전대장인 최수연과 비슷한 등급의 사무장이었다.

즉, 자신은 방금 전 자신보다 높은 상급자에게 큰소리를 친 것이었다.

"잠시 흥분해서… 죄송합니다."

정미나는 얼른 정신을 차리고 최무식에게 사과했다.

"사과 받아들이지. 하지만 다음부터는 조심해주기 바라네!"

정미나가 자신의 잘못을 사과하자 최무식은 이를 흔쾌히

받아들였다.

어차피 최무식은 행정직이라 승진은 이제 끝난 것이나 다름이 없었다.

헌터 협회에서 보다 위로 오르기 위해서는 헌터가 되어야 한다.

그것도 시술 헌터가 아닌 각성 헌터가 되어야 보다 위로 올라갈 수 있었다.

사실 이것은 조금 불합리한 일이라고 할 수도 있었지만, 인류의 생존을 위협하는 차원 게이트와 몬스터가 있는 한 전투력을 가진 헌터 출신이 협회에서 높은 자리에 앉아 있는 것은 어쩌면 당연한 현상이었다.

이는 최무식도 어쩔 수 없다고 생각하는 부분이었다.

그러니 앞에 있는 정미나와 굳이 척을 질 필요는 없었다.

언제 자신과 직급이 비슷해지고 또 역전이 될지 알 수 없는 일이기 때문이었다.

그녀는 헌터 협회 내에서도 특별한 취급을 받는 팀 유니콘의 정식 멤버였다.

그리고 각성 등급도 높아서 아직 20대 초반임에도 벌써 6등급 헌터였다.

사실 제5전대원 모두는 팀 유니콘 내에서도 특별한 존재들이었고, 미래가 무척이나 기대되는 유망주들이었다.

이렇게 저렇게 앞뒤를 재봤을 때, 정미나는 분명 자신보다 직급이 더 높이 올라갈 것이 분명했다. 그러니 좋은 게 좋은 거라고 생각하며 최무식은 그냥 넘기기로 했다.

"그런데 몬스터 웨이브는 그렇다 치고, 주변의 차원 게이트 상황은 어떤가요?"

분위기를 바꾸기 위해 최수연이 얼른 끼어들어 주변 상황을 물었다.

몬스터 웨이브가 발생하면, 몬스터 필드에 있는 몬스터뿐만 아니라 인근에 위치한 차원 게이트도 영향을 받는다.

몬스터는 위험 등급과는 상관없이 모두 에너지를 가지고 있다.

심장에 마정석을 품고 있는 몬스터는 더욱 강력한 에너지 파장을 발산하고, 마정석이 없는 몬스터 또한 핏속에 작은 에너지를 가지고 있어 파장을 발산하는데, 몇 마리가 모인 것으로는 그 에너지가 주변에 큰 영향을 주지는 못한다.

하지만 그 규모가 천 단위가 넘어가게 되면 이야기가 달라졌다.

티끌 모아 태산이라고, 몬스터의 무리가 천 단위가 넘어가게 되면 가까이 있는 차원 게이트의 브레이크 타임이 빨라지게 된다.

그 때문에 몬스터 웨이브가 발생했을 때, 간혹 게이트 브레이크가 함께 발생하는 경우가 있었다.

위험 등급이 낮은 게이트에서 게이트 브레이크가 발생하

면 다행이지만, 만약 위험 등급이 높은 차원 게이트에서 브레이크가 발생한다면 자칫 커다란 재앙이 될 수도 있었다.

그러니 헌터 협회의 직할 특무대인 팀 유니콘의 전대장으로서 이를 체크하지 않을 수가 없었다.

"그건……."

최수연의 질문에 깜짝 놀란 것은 전장을 지휘할 장총찬이 아닌, 사무장인 최무식이었다.

차원 게이트에 관한 것은 군인이 아니라 헌터 협회의 직원인 최무식이 체크해야 할 일이었기 때문이었다.

"인근에 있는 물레울유원지 부근에 5등급 차원 게이트가 하나 있기는 하지만, 여기보다 북쪽에 위치해 있고 거리도 있으니 이번 몬스터 웨이브에는 영향을 받지 않을 것입니다."

최수연의 느닷없는 질문에 최무식은 자신이 알고 있는 한도 내에서 대답을 했다.

하지만 그런 최무식의 대답을 들은 장총찬 소장은 표정이 굳어졌다.

물레울유원지라면 B1섹터를 맡고 있는 김현중 대령이 있는 방향에서 가까운 곳이었다.

"정말 안전한 것인가?"

차원 게이트의 에너지 등급이 3도 아니고 4도 아닌, 무려 5등급이었다.

비록 현재는 6등급 차원 게이트도 많고 가끔 7등급 차원 게이트도 발생하고는 있지만, 헌터도 아니고 군인인 장총찬에게는 5등급 게이트만 해도 재앙이었다.

그러니 자신의 부하가 있는 지역에 그런 차원 게이트가 있다는 말에 깜짝 놀랄 수밖에 없었고, 혹시나 이번 몬스터 웨이브에 영향을 받아 게이트 브레이크 시점이 빨라지지는 않을지 걱정이 되었다.

"확답은 드릴 수 없지만, 장총찬 소장님이 무슨 걱정을 하시는지 잘 알고 있습니다."

최무식은 말을 하다 말고 잠시 장총찬 소장을 바라보았다.

그러다가 숨을 가다듬고는 계속해서 설명을 이어나갔다.

"혹시 B1섹터를 맡고 있는 군인들을 걱정해서 물어보시는 것이라면 안심하십시오. 물레울유원지 부근에 있는 차원 게이트는 그곳으로부터 3㎞나 떨어져 있어서, 계획대로만 일이 진행된다면 전혀 문제가 되지 않을 것입니다."

몬스터 웨이브의 규모나 B1섹터 방면으로 몰려가고 있는 몬스터의 분포로 볼 때, 현재 자리에서만 몬스터 웨이브를 막아낸다면 물레울유원지에 있는 차원 게이트에는 아무런 영향이 없을 터였다.

그 말은 곧, 변수가 없다는 소리였다.

다만, 조금 걱정이 되는 것은, 혹시라도 이번 몬스터 웨이브에 영향을 받아 다른 지역의 몬스터까지 날뛰게 되면 상황이 어떻게 변할지 자신할 수 없다는 것이었다.

몬스터는 인간이 예상하는 데로 움직이는 존재가 아니기 때문이었다.

그저 그곳을 맡고 있는 화랑이나 인피니티 길드가 잘해줄 것이라 믿고 있는 수밖에는 없었다.

"길드의 지원 현황은 어때요? 모두 협회 요청에 잘 따르던가요?"

최무식의 이야기를 듣고 차원 게이트는 문제가 될 확률이 적다는 판단이 서자, 수연이 이번에는 헌터 길드들의 반응에 대해 물었다.

"뭐 언제나 그렇듯 마지못해 협회의 요청에 최소한으로 응할 뿐입니다."

최무식은 고개를 흔들며 현 상황에 대해 대답했다.

'아, 그러고 보니 이곳에는 대형 길드에서 나온 사람들이 하나도 보이지를 않는구나!'

그랬다. 이곳 지휘 사령부로 들어오는 입구에서 본 헌터들 중에서는 이름만 대면 알 수 있는 대형 길드의 헌터는 전혀 보이지가 않았다.

하급 헌터였을 때도 듣기는 했지만, 요즘 대형 헌터 길드들은 헌터 협회의 통제에 잘 따르지 않으려는 경향이 있었다.

그나마 군 특수부대 출신들이 주축인 화랑 길드만은 대체로 협조적이었는데, 요즘 들어서는 그 화랑 길드도 점점 다른 대형 길드와 비슷한 모습을 보일 때가 있었다.

일반 재벌들의 후원을 받는 다른 헌터 길드들과는 다르게 화랑 길드는 정부에서 출자하여 만든 헌터 길드였다.

헌터법 때문에 어쩔 수 없이 군에서 분리되어 헌터 길드에 등록은 했지만, 화랑 길드 소속의 헌터들은 전원이 다 부사관 이상의 특수부대 출신들이었다.

하지만 처음에는 헌터로서 나라와 국민을 지킨다는 사명감으로 몬스터를 상대하던 그들도 몬스터가 돈이 된다는 것을 알게 된 후 시간이 흐르면서 점점 변해갔다.

사실 이번 몬스터 웨이브에도 그 주체가 돈이 되지 않는 낮은 등급의 몬스터인 놀과 코볼트들이란 것을 알고는 인피니티 길드와 비슷하게 가장 낮은 등급의 헌터들만 보낸 상황이었다.

게다가 그런 와중에도 가장 위험한 이곳 A섹터를 피해 양 사이드 중 하나인 B섹터로 보냈다.

이러한 내용을 팀 유니콘의 제5전대장인 최수연에게 이야기하던 최무식 사무장의 표정은 그리 좋을 수가 없었다.

"결국엔 그들도 돈에 의해 변질이 되는군요."

"아마도 무신이 칩거했기 때문인 것 같습니다."

"무신이라……. 그럴지도 모르겠네요. 그분이 있었다면 화랑이 이렇게 변질되도록 가만두지는 않았을 테니."

"일단 그 이야기는 이쯤에서 그만하고, 나가서 이번 몬스터 웨이브를 어떻게 상대할지 다른 헌터들과 의논이나 하시죠."

두 사람의 이야기를 듣고 있기가 불편했는지, 재식이 둘 사이에 끼어들며 말했다.

"그래, 이런 어두운 이야기는 나중에 한가할 때 하고, 지금은 몬스터 웨이브를 어떻게 상대할지나 의논해 보자!"

재식의 말을 듣고 최수연은 얼른 굳은 표정을 풀며 자리에서 일어났다.

그런 수연의 모습에 다른 멤버들도 자리에서 일어나 그녀의 뒤를 따라 막사 밖으로 나갔다.

한편 갑자기 화랑 길드에 대한 이야기로 표정이 어둡던 최수연이 목소리를 높이다가 막사 밖으로 나가자, 이를 지켜보던 장총찬은 말없이 그녀의 뒷모습을 바라보았다.

＊　　　＊　　　＊

간단한 작전 회의가 끝나고 한 시간 뒤, 소리산에서 몬스터 웨이브가 시작되었다.

그 시작을 알린 것은 3군단 1연대, 즉 군인들의 공격이었다.

쾅! 쾅!

투두두두! 투두두두!

자주포와 전차포에서는 포탄이 작렬하고, 장갑차에서는 12.7㎜와 7.62㎜ 기관총이 난사되었다.

수천 마리의 몬스터가 물결처럼 소리산을 내려오다 보니 군인들은 타깃을 향해 정조준 사격을 하기보다는 그냥 대충 포구에 장전이 되면 쏘고 있었다. 그것은 기관총을 다루는 사수 또한 마찬가지였다.

그렇게 군인들이 먼저 화력을 동원해 몬스터의 숫자를 줄여나가는 동안, 헌터들은 조금 긴장된 표정으로 포탄과 기관총 세례를 뚫고 밀려오는 몬스터를 노려보고 있었다.

아무리 헌터가 몬스터 잡는 일을 전문으로 한다고는 하지만, 몬스터들이 폭발적인 화력을 뚫고 자신의 앞으로 밀려드는 모습은 그들에게도 두려움을 안겨주었다.

그것이 자신들보다 등급이 떨어지는 놀이나 코볼트라 해도 마찬가지였다.

그그긍!

끼리릭!

전차와 자주포, 그리고 장갑차들은 단시간에 화력을 집중하고는 작전대로 뒤로 빠졌다.

"준비!"

군인들이 계획대로 밀려드는 몬스터에게 1차로 화력을 집중한 후 뒤로 물러나자, 이번에는 헌터들이 나설 차례가 되었다.

뒤로 빠진 3군단 1연대 병력이 정비를 한 후 헌터들이 어느 정도 몬스터를 처리하면, 헌터와 교체해 다시 한번 화력을 집중하는 것이, 이번 몬스터 웨이브를 막는 전술이었다.

"몬스터가 50m까지 접근하기 전에는 우리 5전대만 공격할 것이고, 몬스터가 30m 내로 접근하면……"

A섹터에 모인 헌터들을 지휘하던 최수연은 이미 알려줬던 작전에 대해 최종점검 차원에서 헌터들에게 다시 고지했다.

"몬스터가 5m에 이르면 근접 전투를 하는 헌터들이 놈들을 상대한다."

그런 최수연의 일장 연설을 들은 헌터들의 표정은 조금 더 무겁게 굳어졌다.

군인들의 선제공격이 끝난 후 몬스터들은 어느새 이들이 있는 곳에서 불과 100m정도 떨어진 곳까지 밀고 내려와 있었다.

그리고 지금도 빠르게 헌터들이 있는 곳을 향해 달려오고 있었다.

끄아! 크아!

크아앙!

두그드드!

30대가 넘는 전차와 6대의 자주포, 그리고 장갑차들의 화력 속에서도 살아남은 몬스터들은 헌터들을 향해 무섭게 달려왔다.

"제5전대! 우리가 어떤 존재인지 몬스터들에게 알려줄

때가 왔다."

"네! 알겠습니다, 대장님!"

"알겠어요."

"ok!"

제5전대의 대원들은 각자 개성에 맞는 답변을 하며 밀려들고 있는 몬스터에게로 시선을 집중했다.

"간다!"

"네!"

파즈즈즉!

밀려드는 몬스터 웨이브에 가장 먼저 공격을 시작한 것은 제5전대의 전대장인 최수연이었다.

그녀는 자신의 각성 속성인 번개 속성 능력을 최대한도로 끌어올린 후 강력한 번개를 만들어 몬스터들을 향해 쏘았다.

그녀의 공격은 한줄기 전류가 아니라 마치 그물망처럼 넓게 퍼져서 밀려드는 몬스터의 머리 위를 덮쳤다.

끄악!

파지직! 파지직!

최수연이 쏘아낸 전류는 몬스터들의 머리 위를 덮치는 것에서 그치지 않고 앞에 있던 몬스터뿐만 아니라 뒤에서 달려오고 있던 몬스터들까지 감전시켰다.

그러다 보니 생각보다 많은 숫자의 몬스터들이 최수연이 쏘아낸 전류에 맞아 바닥을 뒹굴었다.

이에 뒤질세라 정미나와 이하윤의 속성 공격도 몬스터를 덮쳤는데, 그녀들의 공격 또한 전대장인 최수연 못지않은 결과를 보여주었다.

바람 속성을 각성한 정미나는 그 속성을 이용해 공기를 압축한 뒤, 그것을 회전시켜 마치 회전 톱날처럼 만들어 몬스터들을 향해 날렸다.

바람으로 이루어진 톱날은 사람의 허리 높이로 날아가 회전을 하면서 대기를 찢어발겼다.

그리고 대지를 달리던 몬스터들의 허리와 가슴 할 것 없이 걸리는 모든 것을 갈라버렸다.

제5전대 대원 중에 단연 압권은 뭐니 뭐니 해도 불 속성을 각성한 부전대장 권인하의 공격이었다.

그녀의 공격은 전대장인 최수연이 펼친 번개 속성 공격과는 또 다르게 보는 이로 하여금 공포를 느끼게 했는데, 화염으로 이루어진 불의 장벽이 마치 파도가 치는 것처럼 몬스터를 향해 날아가 5번 연속으로 휩쓸며 피해를 입혔기 때문이었다.

3m나 되는 거대한 불의 장벽이 모든 것을 태워버릴 듯 밀려들자, 무섭게 달려들던 몬스터들도 그 광경에 주춤할 수밖에 없었다.

최수연의 공격에 감전되어 죽지는 않고 쓰러져만 있던 몬스터들도 이런 권인하의 파이어 웨이브에는 목숨을 잃고 말았다.

하지만 몬스터는 역시 몬스터였다.

군인들의 전차포 사격과 자주포의 위력사로 인해 엄청난 피해를 입었고 또한 헌터 협회 제5전대의 엄청난 속성 공격을 받았음에도 불구하고, 잠시 주춤하기는 했지만 움직임이 완전히 멈추지는 않고 있었다.

끄악!

마치 자신들이 조금 전에 주춤했던 것이 창피하다는 듯 더욱 괴성을 지르며 헌터들을 향해 달려들기 시작했다.

'흐흠, 잘하네!'

제5전대의 전투를 몇 번 본 적이 있던 재식은 몬스터 웨이브를 상대하면서도 제5전대가 너무도 손쉽게 막아내는 것을 보며 미소를 머금었다.

'오늘 내가 준 팔찌를 쓸 일은 없을 지도 모르겠다.'

몬스터 웨이브를 막아내고 있는 제5전대의 대원들을 지켜보면서 재식은 속으로 그런 생각을 했는데, 아무리 보아도 그녀들이 위기에 처해 실드 마법이 인첸트 되어 있는 팔찌를 쓸 만한 일은 없을 것 같았다.

'뭐 그럴 일이 없는 것이 어쩌면 더 좋은 일일지도 모르지.'

아무래도 친분이 있는 사람들의 안전을 우선적으로 생각하다 보니, 재식은 처음 이곳에 올 때까지 생각했던 팔찌의 성능실험에 대한 기대는 버려야만 했다.

비록 헌터 협회의 지하 연습장에서 성능시험을 했다고는 하지만, 그것은 어디까지나 속성공격에 대한 시험일뿐이었다.

실전에서 몬스터의 공격을 막아낼 수 있을지는 아직은 알 수가 없었다.

그래서 최수연과 다른 제5전대 멤버들이 자신을 억지로 헬리콥터에 태워 이곳까지 데려올 때에도 겉으로는 몬스터 웨이브를 막는 데 가지 않겠다고 했지만, 다른 한편으로는 실전에서 팔찌가 어떻게 작동할지 내심 궁금하기도 했다.

하지만 생각해보니 이런 아티펙트가 전장에서 작동하지 않는 상황이 더 좋을 것 같았다.

그 말은 곧, 팔찌를 찬 그녀들에게 위기상황이 없다는 소리가 되는 것이기 때문이었다.

파지직!

화르륵!

씨잉잉!

꽈지직! 퍽! 퍽! 퍽!

최수연을 비롯해 권인하, 정미나, 그리고 이하윤은 체력과 마력을 고려해 몬스터들이 일정 범위 내에 들어오면 순차적으로 공격을 가했다.

처음에는 최대출력으로 몬스터의 기선을 제압한 뒤 몬스터 웨이브의 기세가 꺾인 것이 확인되면, 무리하게 속성 공격을 하지 않고 적정 숫자의 몬스터가 범위 내에 들어오면 그것을 처리할 정도의 에너지만 속성에 부여하여 공격하는 중이었다.

그리고 신초롱은 전대장과 동료들이 속성 능력을 사용한 탓에 지치는 것을 막기 위해 적절히 그녀들의 에너지를 채워주기 위해서 신성 능력을 발휘하고 있었다.

이런 상황임에도 몬스터들은 피해를 감수한 채 계속해서 헌터들이 있는 곳까지 다가왔다.

수백의 몬스터가 최수연과 제5전대의 공격에 죽거나 전투불능이 되었지만, 밀려드는 몬스터는 아직도 1천 마리 이상이 남아 있었다.

'이젠 나서도 되겠군!'

마법으로 원거리 공격도 가능한 재식이었지만, 그는 굳이 겨우 2등급 몬스터들인 놀이나 코볼트를 상대로 마법을 쓸 필요성을 느끼지 못해 몬스터가 자신의 앞으로 다가올 때까지 기다렸다.

놀이나 코볼트, 그리고 오크 정도의 몬스터는 굳이 자신이 나서지 않더라도 그것들을 잡을 수 있는 헌터들이 이곳에는 널리고 널려 있었다.

그 때문에 재식은 위험 등급 4등급 이상인 몬스터만 처리하기로 작정하고 마력을 아꼈다.

'오호! 저기 있네!'

재식은 몰려드는 몬스터들 속에서 자신이 상대할 만한 몬스터를 발견하고는 미소를 머금었다.

'쉐도우 스텝!'

재식의 마법 능력은 자주 사용하는 몇몇 마법에 한해서는 능숙하게 다룰 수 있는 경지에 이르러 있었다.

그리고 그중에서 재식이 가장 선호하는 마법은 바로 쉐도우 스텝이었다.

이 마법은 온몸을 마치 안개나 그림자처럼 변형시켜 목표에 다가갈 수 있도록 해주는 마법이었다.

어찌 보면 공간이동 마법 중에 하나인 블링크 마법과 흡사했다.

하지만 블링크 마법은 시전자도 어디서 나타날지 모르는 불완전한 공간 마법이어서, 비록 블링크 마법이 4클래스 마법이기는 해도 제대로 활용하려면 최소 5클래스 마스터 정도는 되어야 활용이 가능한데 비해 이 쉐도우 스텝은 그렇지 않았다.

3클래스 흑마법이면서도 그 활용도는 블링크 마법 이상이었다.

다만, 블링크 마법에 비해 이동거리가 짧고 마력 소모가 블링크 마법에 비해 많다는 단점이 있었다.

3클래스이면서도 4클래스 마법인 블링크 마법보다 조금 더 많은 마력을 소모하는 마법이 바로 쉐도우 스텝이었다.

그래서 웬만한 마법사라면 이렇듯 마력 낭비가 심한 마법을 전투 초반에 사용할 생각은 결코 하지 않을 것이다.

하지만 재식은 단순한 마법사가 아니었다.

재식은 헌터였고, 육체적으로는 마법사 이상의 능력을 가지고 있었다.

그는 육체능력만으로도 웬만한 몬스터는 죽일 수 있는 헌터였다.

즉, 마법사로서의 능력은 부수적이란 소리다.

그렇다 보니 재식에게 있어 마법은 그저 몬스터 사냥에 적절히 이용할 수 있는 도구에 불과한 것이었기에, 마력 소모가 많은 쉐도우 스텝을 적극적으로 활용했던 것이었다.

그리고 또 재식에게는 마법을 사용하게 해주는 마력과 육체능력을 향상시켜주는 마력이 각각 따로 있었다.

육체능력은 심장에서 마법진에 의해 솟아나는 마력을, 그리고 마법은 뼛속에 쌓은 마력을 활용하고 있었다. 또한 마법으로 소모한 마력은 다시 충전할 수 있었기 때문에 이것을 사용하는데 아깝다는 생각은 하지 않았다.

그러한 이유로 재식은 몬스터 사냥을 할 때마다 효율적인 사냥을 위해 마법을 사용하는 데 주저함이 없었다.

꾸잉?

느닷없이 자신 앞에 나타난 재식의 모습에 웨어울프 한 마리는 놀란 얼굴로 고개를 갸웃거리며 재식을 쳐다보았다.

하지만 재식은 그런 웨어울프의 모습에 당황하지 않고 오른팔에 착용하고 있던 카타르로 웨어울프의 아랫배를 힘껏 찔렀다.

또한 그에 그치지 않고 왼팔의 카타르를 조금 더 위쪽인 명치에 사선으로 찔러 넣었다.

그리고는 마치 권투에서 원투 콤비네이션 공격을 하듯, 세 번째로 다시 처음 아랫배를 찔렀던 카타르를 뽑아서 웨어울프의 왼쪽 경동맥이 지나가는 목을 찔렀다.

케릭!

재식이 위험 등급 4등급에서 5등급 초반에 속하는 웨어울프 한 마리를 잡는 데 걸린 시간은 불과 1~2초밖에 걸리지 않았다.

목표를 정한 후 쉐도우 스텝 마법으로 접근을 해서 놀란 웨어울프에게 3번의 공격을 가하기까지의 시간이었다.

그리고 그런 단 3번의 공격으로 상처 재생 능력이 있는 웨어울프를 끝장내기까지 2초를 초과하지 않은 것이다.

하지만 재식은 이 한 마리의 웨어울프를 잡는 것에 그치지 않고 또 다른 타깃을 향해 움직였다.

"쉐도우 스텝!"

조금 전에 웨어울프를 발견하고 마법을 시전할 때에는 주변에 헌터들이 있었기 때문에 속으로 스펠을 외웠지만 이제는 아니었다.

몬스터 웨이브 속으로 뛰어든 재식은 주변의 소음에 묻혀 마법 스펠을 중얼거렸다.

첫 번째 몬스터를 처리하고 다음 타깃인 또 다른 웨어울프를 죽이기까지, 재식은 어떠한 군더더기도 없이 물이 흘러가듯 자연스럽게 연속공격을 펼쳤다.

너무도 자연스러운 재식의 움직임으로 인해 최수연을 비롯해 어느 누구도 재식의 활약을 인지하지 못하고 있었다.

재식이 은밀한 암살자처럼 몬스터들을 처리하고 있을 때, 최수연을 비롯한 제5전대 대원들은 화려한 속성 능력을 이용해 몬스터들을 처리하고 있었는데, 그로 인해 그녀들이 사람들의 시선을 한 몸에 받고 있었기 때문이었다.

재식은 은밀하고 조용히, 마치 종이에 물이 스며들듯 위험 등급이 높은 몬스터만 처리하면서 사람들의 시선 밖에서 실속을 챙겨갔다.

다른 헌터들이야 동원령에 의해 공동분배를 받겠지만, 재식은 그들과 달랐다.

이곳으로 오는 도중, 헌터 협회의 특무대 전대장인 최수연의 직권에 의해 본인이 잡은 몬스터의 대가로 세금을 뺀 모든 것을 챙길 수 있는 권한을 받았기 때문이었다.

그러니 지금까지 잡은 위험 등급 4등급 이상의 웨어울프나 트롤 등은 모두 재식의 몫이었다.

'잘됐어. 그렇지 않아도 트롤의 피와 가죽이 필요했는데.'

재식은 눈앞에 있는 아직 다 자라지 않은 수컷 트롤을 바라보며 눈을 빛냈다.

현재 재식은 판타지 소설에나 등장할 법한 아이템 하나를 만들 계획을 하고 있었다.

그것은 바로, 크기에 상관하지 않고 많은 물건을 담을 수 있는 공간 확장 주머니였다.

물론 공간 확장 주머니라고 해서 소설에 나오는 것처럼 크기와 상관없이 모든 것을 무한대로 담을 수 있는 것은 아니었다.

재식의 마법은 자신의 몸을 생체 실험했던 챠콥에게서 비롯된 것인지라 5클래스를 벗어날 수가 없었다.

물론 앞으로 그보다 더 높은 클래스의 마법서를 취득하게 된다면 또 모르겠지만, 지금으로서는 5클래스가 한계였다.

챠콥은 홉 고블린 중에서도 머리가 똑똑한 놈이었는지 무려 5클래스의 마법까지 알고 있었다. 그리고 그것을 바탕으로 자신이 사용할 공간 확장 주머니를 가지고 있었는데, 무려 '가로 X 세로 X 높이'가 '6X3X3' 미터로서 일반 컨테이너 박스보다 조금 큰 넓이의 공간을 가진 주머니였다.

아직은 마법능력이 떨어져 그 정도 크기의 공간을 가진 주머니를 만들 수는 없겠지만, 좀 작더라도 있기만 하면 충분히 활용 가치가 있을 테니 한 번 만들어볼 생각이었다.

다만, 공간 확장 주머니를 만들기 위해서는 그 재료가 만만치 않았는데, 이를 위해서는 상급 마나석이나 최상급 마정석이 필요했다.

그리고 마나석이나 마정석 다음으로 중요한 것이 바로 트롤의 가죽이었다.

이는 트롤이라는 몬스터의 가죽이 마력을 품고 있기 때문인데, 현재 재식이 잡을 수 있는 몬스터 중에 공간 확장 주머니의 재료로서 가장 좋은 것으로는 트롤 가죽이 유일했다.

물론 다른 몬스터 중에도 가죽에 마력을 품고 있는 것이 많기는 하겠지만, 현재 재식이 그 소재를 알고 있는 몬스터 중에 가장 좋은 것으로는 트롤이 유일하기도 했다.

그래서 재식은 지금 자신의 눈앞에 보이는 트롤을 입맛을 다시며 주시하고 있었다.

'고맙게 잘 써주마!'

위험하고 또 무시무시한 재생력 때문에 까다로운 몬스터가 트롤이지만, 지금 재식의 눈에는 잘 차려진 만찬장의 음식이나 다름이 없었다.

3. 변고

20XX년 8월 XX일. 경기도 양평에서 몬스터 웨이브가 발생했다.

몬스터 웨이브가 발생하면 인근에 있던 헌터들은 모두 헌터 협회에서 발동하는 헌터 동원령에 의거하여 헌터 협회에서 지정하는 지역으로 모여야만 했다.

이는 헌터라면 누구라도 이유를 불문하고 따라야 하는 것으로서, 만약 몬스터를 헌팅 중이라 하더라도 하던 일을 중단하고 집결지로 가야 할 정도로 강제적인 것이었다.

만약 이를 무시하고 동원령에 따르지 않는다면 그런 행동을 한 헌터나 헌터 길드는 심각한 타격을 입었는데, 경우에 따라서는 헌터 라이선스까지 취소됨은 물론이고, 형사상 처벌까지 받을 수 있었다.

그 때문에 헌터라면 예외 없이 헌터 동원령에 따라야 했지만, 대형 길드에 속한 헌터들의 경우에는 생각을 달리하고 있었다. 예전에는 그렇지 않았지만 세월이 흐르면서 이 동원령의 강제성에 불만을 가지게 된 것이었다.

"크흠!"

대한민국 헌터 길드 랭킹 4위인 인피니티 길드의 제7공대 공대장인 홍준영은 헛기침을 하며 화랑 길드의 제13공대장인 안기준에게 자신이 왔음을 알렸다.

"어! 인피니티의 홍 공대장이 여긴 어쩐 일이요?"

안기준은 이름은 알고 있었지만 자신이 속한 화랑 길드와는 교류가 없던 홍준영을 보고 의아한 표정으로 물었다.

"내가 뭐 못 올 곳이라도 왔나?"

안기준의 질문에 홍준영은 짐짓 별거 아니라는 듯이 그의 말을 되받아쳤다.

그러면서도 슬쩍 화랑 길드의 헌터들이 모여 있는 곳을 둘러보며 그들의 안색을 살폈다.

'역시나 우리처럼 사냥 중에 와서 그런지 불만들이 많군.'

화랑 길드나 인피니티 길드는 인근에서 몬스터 헌팅을 하다가 긴급 동원령이 떨어지는 바람에 사냥을 중단하고 이곳으로 온 것이기 때문에 손해가 이만저만이 아니었다.

화랑이나 인피니티 같은 대형 길드는 한 번 움직이려면 많은 준비가 필요했고, 자금도 제법 들어가야 했다.

또한 대형 길드에 소속된 헌터의 몸값은 일반 헌터 길드에 있는 헌터보다 몇 배나 비쌌다.

그 때문에 이들에게 일당을 주기 위해서는 그만큼 잡아야 하는 몬스터의 질도 좋아야 하고 그 양도 많을 수밖에 없었다.

그런데 중간에 사냥을 포기하고 사실상 돈도 되지 않는 몬스터 웨이브에 강제로 동원되었으니 불만이 없을 수가 없었다.

"동원령 때문에 사냥도 포기한 채 와서 기분이 엉망인 사람한테, 지금 시비를 거는 거요!"

친하지도 않은 홍준영이 찾아와 대거리를 하는 듯한 말투로 자신의 말을 되받아치자 안기준은 기분이 상해 그를 향해 소리를 쳤다.

"워워! 진정하쇼. 화랑도 그렇겠지만, 우리도 레이드 중간에 동원령이 발동되는 바람에 다 잡은 어스 웜을 놔두고 와서 속이 쓰리니까."

화랑 길드의 안기준뿐만 아니라 인피니티 길드의 홍준영 또한 위험 등급이 6등급에 이르는 어스 웜을 사냥하다 말고 몬스터 웨이브 발생으로 인한 긴급 동원령 때문에 다 잡은 어스 웜을 그대로 놔둔 채 이곳으로 와야만 했다.

"아, 그렇소? 그것 참 안타깝게 됐소."

어스 웜을 레이드 도중에 놔두고 왔다는 홍준영의 대답에 안기준은 짐짓 안타깝다는 표정으로 그를 위로했다.

그도 그럴 것이, 어스 웜은 정말이지 무척이나 돈이 되는 몬스터이기 때문이었다.

어스 웜의 질긴 가죽으로 방어구를 만들면 몬스터의 공격에도 잘 찢어지지 않아 참으로 좋았다.

이 때문에 어스 웜의 가죽으로 만든 방어구는 상당히 고가에 팔렸다.

그렇다 보니 어스 웜의 가죽은 부르는 것이 값일 정도로 매우 비쌌다.

또한 어스 웜의 혈액은 정제하면 고농축의 비료가 되었다.

마치 지렁이가 많은 토양에서 식물이 잘 자라나는 것처럼, 어스 웜의 혈액이나 체액은 식물에게 엄청난 영양분이 되었다.

이런 어스 웜의 체액을 정제한 농축액을 1:10,000의 비율로 희석시켜 땅에 뿌리기만 해도, 그 땅이 옥토로 변해 그곳에 과일이나 채소 등을 심으면 일반적으로 재배한 것 이상의 풍작을 거둘 수 있었다.

인류는 대격변 이전에도 심각한 식량문제로 인해 국가 간에 트러블이 발생하고는 했다.

그런데 대격변 이후 몬스터의 출현으로 많은 농지들이 몬스터에 잠식당하자 더더욱 심각한 식량난을 겪고 있었다.

이런 상황에서 어스 웜의 체액을 정제한 농축액에 1:10,000의 비율로 물을 섞어 대지에 뿌리기만 해도 몇 배의 풍작을 거둘 수 있게 되니, 이는 식량문제의 해결책이나 다름이 없었다.

인간이 생존하기 위해서는 3가지 필요한 것이 있는데, 이것을 일컬어 의식주(衣食住)라고 한다.

여기서 의(衣)는 의복을 말하는 것으로, 동물들과는 다르게 털이 짧은 인간은 옷이 없으면 체온을 유지할 수가 없어 위험해질 수 있다.

그리고 주(住)는 주택, 집을 말한다.

집은 외부의 위협으로부터 몸을 안전하게 보호할 수 있게 해주기에 무척이나 중요하다.

마지막으로 식(食)은 먹을 것을 뜻하며, 인간은 먹지 않으면 살아갈 수가 없다.

이렇듯 인간이 살아가는 데 있어 이 의식주 3가지가 무척이나 중요한데, 이중 가장 중요한 것을 꼽으라면 단연코 먹는 것, 곧 식(食)이라고 할 수 있을 것이다.

대격변으로 인해 많은 인류가 죽었지만, 아직도 지구상에는 30억이 넘는 숫자의 인류가 살아가고 있었다.

하지만 몬스터에 잠식당한 농지는 대격변 이전과 비교해 1/5 수준으로 줄어들어 있었다.

인구는 절반밖에 줄지 않았지만 식량을 생산할 수 있는

토지는 1/5로 줄었으니, 인류로서는 심각한 식량부족에 시달릴 수밖에 없었다.

그나마 다행이라면, 인류를 위협하는 몬스터 중에도 인류가 먹을 수 있는 몬스터가 있어서 식량문제를 조금이나마 해결할 수가 있었다.

먹을 수 있는 몬스터로는 대표적인 것이, 거대하게 변한 자이언트 크랩이나 예전에 재식이 성신 길드에 있을 당시 실습을 나가서 본 소라게 몬스터 칼콘 등이 있는데, 이것들은 지구상의 동물들 중에 일부가 몬스터화한 종들이었다.

이런 상황이다 보니 식량 생산을 늘릴 수 있는 어스 웜의 체액이 얼마나 고가의 물건인지는 두말할 것도 없을 것이다.

이렇듯 모든 부산물들이 고가로 팔려나가는 어스 웜을 포기하고 달려왔을 홍준영이니 얼마나 배가 아플까. 그런 생각을 하자 안기준은 안타까운 마음이 들었다.

"그래, 그런데 여기는 무슨 일로 온 거요?"

안기준은 기분이 좋지 못해 퉁명스럽게 말을 했던 것이 미안했는지 목소리를 낮춰 홍준영에게 물었다.

홍준영은 입을 열기 전에 슬쩍 주변을 둘러보았다.

그러고는 주변에 자신들 외에는 다른 외부 인사들이 없는 것을 확인한 후, 그는 작은 목소리로 입을 열었다.

"우리 모두 몬스터 레이드 도중에 그것을 포기하고 여기까지 왔는데, 솔직히 까놓고 말해서 몬스터 웨이브를 막아봐야 우리에게 떨어지는 것도 없지 않소. 그러니 열심히 잡아봐야 뭐하겠소."

그런 홍준영의 이야기에 안기준은 자신도 모르게 고개를 끄덕였다.

"그렇기는 해도……. 하지만 우리가 할 수 있는 일이 없잖소. 이것은 강제 사항인데."

이야기를 하면서 안기준은 다시 한번 기분이 나빠졌다.

"그래서 하는 말인데……."

홍준영은 안기준의 곁으로 한 걸음 다가가 은근한 어투로 말을 이어갔다.

"우리 뒤쪽으로 3㎞ 정도 떨어진 곳에 5등급 게이트가 있는 건 알고 있소?"

"예전에 물레울유원지 자리에 나타난 차원 게이트를 말하는 거요?"

"맞소! 그거."

"그게 뭐 어쨌다는 거요?"

안기준은 느닷없이 차원 게이트 이야기를 하는 홍준영의 의도를 제대로 파악할 수가 없어서 의아한 표정으로 그의 얼굴을 쳐다보았다.

"물레울유원지 게이트는 브레이크가 일어나려면 아직 시간이 많이 남지 않았소?"

그랬다. 이들이 주둔하고 있던 B1섹터의 뒤로 3㎞ 정도 떨어진 곳에 있는 차원 게이트는 게이트 브레이크가 일어나려면 5일 정도 더 시간이 지나야만 했다.

이 물레울유원지 게이트는 헌터 협회에서 에너지 측정을 해본 결과 5등급으로 그리 위험하지 않은 것으로 파악되고 있었다.

하지만 특이하게도 이 물레울유원지 게이트는 이쪽에서 안으로 들어갈 수가 없는 차원 게이트였다.

그 말인즉슨, 게이트 브레이크가 벌어져 안에서 무언가 튀어 나와야 비로소 그것을 해결할 수가 있다는 소리였다.

위험 등급이 겨우 5등급에 불과했지만, 지금까지 볼 수 없었던 이상한 형태의 차원 게이트였던지라 헌터 협회에서도 이를 예의 주시하고 있는 중이었다.

대체 그 안에 어떤 몬스터가 있기에 그런 특이한 현상을 보이는 것인지 알 수가 없었기에 더욱 그럴 수밖에 없었다.

"우리 인피니티에서 알아낸 정보가 있는데……."

홍준영은 다시 한번 주변을 살피고는 조금 더 안기준에게 다가가 낮은 목소리로 은밀하게 이야기를 했다.

"정보?"

차원 게이트에 대한 정보는 모두 극비였다.

그렇기 때문에 이러한 정보를 알게 된 길드는 절대로 다른 길드나 헌터 협회에 자신들이 알아낸 정보를 알리지 않는 것이 상식이었다.

그것들이 모두 돈이 되기 때문이었다.

그런데 홍준영이 지금 안기준에게 차원 게이트에 대한 새로운 정보를 알아냈다며 은밀한 제안을 하려고 있었다. 안기준은 내심 기대에 차서 그의 말에 귀를 기울였다.

만약 홍준영이 정말로 자신이 모르는 새로운 정보를 가지고 있다면, 그것을 알아내 상부에 보고만 해도 길드에서는 자신에게 막대한 보상을 해줄 터였다.

"안 대장도 소문은 들어봤을 거요. 강제로 차원 게이트의 게이트 브레이크를 일으킬 수 있다는 소문 말이요."

홍준영은 단단히 결심을 한 듯한 표정으로 안기준을 보며 이야기를 했다.

그런 결연한 홍준영의 모습에 안기준은 자신도 모르게 마른침을 꿀꺽 삼키며 얼굴을 굳혔다.

"그거 헛소문 아니요? 아직도 활성화 기간이 남은 차원 게이트의 브레이크 타임을 강제로 단축시킨다니, 그게 말이나 되는 소리요?"

안기준은 도저히 그 말을 믿을 수가 없어서 되물었다.

그런 안기준의 물음에 그가 자신의 말에 넘어왔다 판단을 한 것인지 홍준영이 안기준의 귓가에 입을 가까이 대고 속삭이듯 말했다.

"방법이 있소."

"엥? 그게 사실이요?"

"그래, 사실이요. 우리 길드에서 그걸 확인하기 위해 몇 번이나 실험을 해봤는데, 모두 사실이었소."

홍준영은 눈을 반짝이며 자신감 있게 대답을 했다.

처음 그러한 소문을 들은 인피니티 길드는 소문의 출처를 추적하여 진의를 파악하기 위해 노력했다.

처음에는 차원 게이트를 강제로 브레이크 상태로 만들 수 있다는 말에 반신반의하면서도 소문을 쫓았다.

그 소문이 사실이라면 헌터 길드로서는 그냥 지나칠 수 있는 문제가 아니었기 때문이었다.

막말로 차원 게이트가 브레이크를 일으키면 게이트는 바로 던전으로 변한다.

그리고 던전화 된 차원 게이트는 그 속에 막대한 보물을 품고 있는 경우가 많았다.

어떤 던전은 지구상에는 없는 특별한 금속을 지니고 있었고, 또 어떤 던전은 값비싼 보석광산을 품고 있었던 적도 있었다.

또한 이렇듯 귀금속이나 희귀한 광물이 있는 던전도 있는가 하면, 어떤 것은 만병통치약이라 불릴 정도의 특별한 약재로 쓰이는 식물이 자라는 던전도 있었다.

던전은 먼저 클리어 하는 길드가 개발권을 가진다.

이것은 헌터 양성화법 3조 3항에 나와 있는 내용이었다.

그리고 지금 홍준영은 몬스터 웨이브로 인한 강제 동원령에 따라 자신들이 피해를 보게 생겼으니, 돈도 되지 않는 몬스터 웨이브를 처리하려고 힘쓸 것이 아니라 3㎞ 뒤에 있는 차원 게이트를 게이트 브레이크로 만들어 그곳을 함께 클리어 하자는 제안을 하고 있는 것이었다.

"그럼 그 방법이란 게 대체 뭐요?"

안기준은 은근히 자신의 심정을 자극하는 홍준영에게 이미 넘어가고 있었다.

그래서 기간이 남은 차원 게이트를 강제로 브레이크 시키는 방법에 대해 바로 물었다.

그런 안기준의 질문에 홍준영은 빙그레 미소를 지으며 대답했다.

"그것은 바로 많은 숫자의 마정석을 차원 게이트 주변에 가져다 놓는 거요."

"마정석? 마정석을 얼마나 가져다 놓아야 하는지는 모르겠지만, 그렇게 해서야 이윤이 남겠소?"

브레이크까지 시간이 남아 있는 차원 게이트 앞에 마정석을 가져다 놓아야 한다는 말에 안기준이 꽤나 실망한 표정으로 물었다.

"뭐 기간에 따라 가져다 놓아야 하는 마정석의 숫자가 늘어날 수도 있지만, 그거야 우리가 걱정할 것이 뭐 있겠소."

홍준영은 별걱정을 다한다는 표정으로 안기준을 보며 이야기했다.

"아직 브레이크까지 5일이나 남은 차원 게이트인데, 무슨 수로 그것을 감당하려고……."

안기준은 이해가 되지 않았다.

분명 홍준영은 자신의 입으로 브레이크까지 남은 기간이 길면 길수록 필요한 마정석의 숫자가 늘어난다고 했다.

물레울유원지의 게이트는 브레이크까지 아직도 5일이나 남은 차원 게이트였다.

그렇기에 일개 공대장인 자신으로서는 차라리 5일을 기다리는 것이 강제로 마정석을 쓰는 것보다 나을 듯싶었다. 겨우 5등급 차원 게이트에 얼마나 많은 보물이 들어 있는 가도 의문이었다.

하지만 홍준영의 생각은 달랐다.

"헌터 협회만 좋을 몬스터 웨이브에 군이 우리가 힘을 쓸 필요가 있나? 이왕 이리 된 거, 몬스터 웨이브를 이용해 우리도 좀 먹고 살아야 하지 않겠어?"

"어떻게 말이요?"

"아니 여태 내가 그렇게 설명을 했는데, 아직도 모르겠어?"

홍준영은 어느 순간부터인가 안기준에게 완전히 말을 놓고 있었다.

하지만 이미 홍준영에게 넘어간 안기준은 그것도 모른 채 뭔가에 홀린 사람처럼 홍준영의 말에 귀를 기울이고 있었다.

"몬스터 웨이브로 인해 동원령에 투입되었으니 어쩔 수

없게 됐지만, 조금만 상황을 이용한다면 뭐 누이 좋고 매부 좋은 일 아니겠어?"

"아니 그러니까, 그게 뭐냐고. 변죽만 늘어놓지 말고 자세하게 설명을 해보라니까."

안기준은 알맹이는 들려주지 않고 계속해서 이런저런 변죽만 늘어놓는 홍준영을 보며 소리를 쳤다. 그의 말투도 이제는 자연스럽게 홍준영과 같아져 있었다.

안기준이 이미 자신의 제안에 깊이 빠져든 것을 눈치 채고 홍준영은 계획을 늘어놓기 시작했다.

"게이트 브레이크를 강제로 일으키는 것이 마정석이라고 했지?"

"그랬지."

"그러니까 내 계획은, 몬스터 웨이브를 이곳에서 막을 것이 아니라 3㎞ 뒤의 물레울유원지에 있는 차원 게이트 앞에서 처리를 하자는 거야!"

"아!"

안기준은 그제야 눈앞에 있는 홍준영이 하고자 하는 이야기를 깨달을 수 있었다.

차원 게이트를 강제로 브레이크 상태로 만들기 위해서는 대량의 마정석이 필요한데, 자신들에게는 그러한 마정석이 없었다.

하지만 그 마정석을 품은 몬스터를 조금 뒤에 만나게 된다.

그러니 군이 이곳에서 몬스터들을 잡을 것이 아니라 이왕이면 3㎞ 뒤로 물려, 몬스터도 잡고 또 몬스터의 피와 마정석으로 인해 차원 게이트가 폭주를 해서 브레이크를 일으키게 만들어 화랑과 인피니티가 함께 처리를 하자는 소리였다.

안기준은 생각하면 생각할수록 홍준영의 계획이 그럴싸하게 느껴졌다.

이곳에서 몬스터 웨이브를 막아봐야 몬스터에게서 나온 마정석은 전부 헌터 협회에서 수거해갈 것이다.

그렇게 되면 던전 브레이크를 일으킬 수가 없게 되고, 자신들은 그저 헌터 협회가 던져주는 적은 보상에 만족해야만 한다.

그런데 홍준영의 계획대로만 된다면 헌터 협회에서 마정석을 수거해가기 전에 게이트 브레이크가 벌어질 것이고, 자신들이 그 브레이크로 인해 던전이 된 게이트를 클리어하면 그 던전은 자신들의 차지가 되는 것이었다.

이런 생각이 들자 안기준은 자신도 모르게 입가에 미소가 걸렸다.

"좋아! 난 그 계획 찬성이야!"

"그럼 우리 함께 전장을 뒤로 3㎞ 무르는 거야!"

"알았다니까!"

홍준영과 안기준은 전장 지휘는 군에서 한다는 것도 잊은 것인지 자신들끼리 전장을 뒤로 3㎞나 물릴 것에 합의했다.

하지만 두 사람의 이러한 모의가 어떤 결과를 만들지 이들은 알지 못하고 있었다.

*　　　*　　　*

크앙!

"죽어라!"

몬스터와 헌터가 뒤섞인 전장. 몬스터들의 이동을 막기 위해 강제로 동원되었다고는 하지만 헌터들은 자신의 임무를 완수하기 위해 최선을 다했다.

"장관이군!"

헌터와 몬스터가 싸우고 있는 전장에서 1㎞쯤 떨어진 곳에서 이를 지켜보고 있던 장총찬은 자신도 모르게 헌터들이 싸우는 모습을 보며 그렇게 중얼거렸다.

"그렇지만 누가 헌터고 어느 것이 몬스터인지 분간이 되지를 않습니다."

언제 왔는지 소령 계급장을 단 군인 한 명이 다가와 그렇게 말을 했다.

"이곳에 배속된 헌터들의 대부분은 유전자 변형 시술을 받은 헌터들이니 어쩔 수 없지 않겠나?"

헌터 협회에서 지원 나온 제5전대와 S급 헌터라 했던 재식 외에는 이곳에 각성 헌터는 하나도 없었다.

그러다 보니 이들 헌터들이 몬스터를 상대하기 위해서는 시술받은 유전자의 능력을 활성화시켜야만 했다.

그 말은, 헌터도 각자 시술받은 맹수 유전자의 영향을 받아 신체가 변형되어 싸운다는 소리였다.

그렇게 맹수의 유전자가 발현되면서 헌터의 모습은 일반적인 몬스터와는 또 다른 몬스터의 모습으로 변신해 있었다.

이러한 헌터의 모습에 익숙하지 않은 사람이라면 눈앞의 전장을 보고 그저 몬스터와 몬스터가 싸우고 있는 모습으로 오해할 수도 있었다.

물론 지금 장총찬 소장과 이야기를 나누고 있는 군인은 그런 의미로 말을 한 것은 아니었다.

첨단 무기로 온몸을 감싸고 있음에도 불구하고 그에게 있어 몬스터는 두려운 존재였다.

하지만 헌터들은 유전자 변형 시술을 받음으로써 너무도 쉽게 몬스터와 싸우고 있는 것이 놀라워 그런 말을 한 것이었다.

"왜? 저 모습이 부러운가?"

장총찬이 부관의 말속에 부러움이 섞여 있음을 깨닫고 물었다.

"아닙니다. 전 그저 국민의 세금을 천문학적으로 쓰면서도 저들만큼 활약을 하지 못하는 지금의 제 모습에 실망했을 따름입니다."

소령 계급장을 단 군인, 재석은 엑소 슈트라는 대 몬스터 병기를 착용한 기동장갑부대의 지휘관 겸 연대장인 장총찬 소장의 부관을 겸임하고 있었다.

몬스터의 민간지역 침입을 최전선에서 막는 역할을 하는 것이 바로 그의 부대였다.

그 때문에 군에서는 막대한 예산을 들여 값비싼 엑소 슈트와 탈부착이 가능한 기능성 휴대무기를 그와 비슷한 병종에 있는 군인들에게 지원을 하고 있었다.

그런데 이들이 사용하는 휴대무기는 단순한 소화기 류의 무기들이 아니라, 질기고 생명력이 강한 몬스터를 상대하기 위한 중기관총과 같은 무기였다.

그렇기 때문에 이들이 사용하는 무기는 전차나 장갑차 등에서 사용하던 중기관총과 같은 무기를 개인이 사용할 수 있을 정도로 작게 축소한 무기들이었다.

그러나 전차 등에 사용할 것이라면 크기에 제한을 별로 받지 않지만, 개인이 사용하려면 화력은 그대로 유지하면서도 크기를 줄여야 했기에 많은 개발비용이 들어갔다.

그 때문에 이들 기동장갑부대의 군인들이 사용하는 무기의 가격은 일반적인 중화기보다 더욱 비쌌다.

게다가 그냥 비싸기만 한 것이 아니라 이것들이 모두 소모품이라는 점이 문제였다.

지금과 같은 몬스터 웨이브를 막기 위해 한 번 출동을 하게 되면, 소모되는 장비의 가격은 기본이 수백억 원을 넘어섰다.

이는 로켓 런처와 미니건 등으로 무장을 하고 있으니 어쩌면 당연한 일이었다.

그에 반해 유전자 변형 시술을 받은 헌터의 경우에는, 초기에 목돈이 좀 들어가고 또 시술받은 유전자를 활성화시키고 안정적으로 적응을 하기까지 시간이 필요하기는 했지만 기동장갑부대가 사용하는 엑소 슈트 하나 값보다 비용이 적게 들어갔다.

즉, 효율로 따지자면 유전자 변형 시술이 훨씬 좋은 것이었다.

대변혁 초기의 군에서는 이 유전자 변형 시술에 대한 믿음이 적고 또 신체가 인간 외의 형상으로 변하는 것에 거부감을 느낀 장성들 때문에 이에 대해 부정적인 반응을 보였었다.

그러나 값비싼 군사 장비를 사용하는 것보다 유전자 변형 시술을 받은 존재들이 들어가는 비용 대비 효율이 훨씬 뛰어나다는 것을 깨닫고는 정책을 바꾸었다.

물론 정책이 바뀌었다고 해서 사람들의 인식마저 바로 바뀌지는 않았다.

하지만 시간이 흐를수록 유전자 변형 시술을 받은 존재들의 활약이 두드러지면서 사람들의 인식도 바뀌었다.

비록 몬스터는 아니지만 그들이 짐승과 인간을 섞어놓은 것처럼 변하는 모습에 두려움을 느끼던 사람들도 그들이 자신들의 생명과 재산을 지켜준다는 것을 알게 되면서 유전자 변형 시술을 받은 존재들을 마치 히어로 무비 속의 영웅처럼 생각하게 되었다.

그리고 정부에서도 유전자 변형 시술을 받은 이들에 대한 사회적 인식을 바꾸기 위해 그들이 주인공인 영화도 많이 만들고 또한 홍보물도 배포하면서, 부정적인 인식을 바꾸는 데 한몫을 했다.

물론 외형이 짐승처럼 변하는 것에 거부감을 느껴 시술 헌터들에 거부반응을 보이는 사람이 아직도 있기는 했지만, 대체적으로 헌터들이 자신들의 안전을 지켜주기 위해 몬스터와 싸운다는 이유 때문에 그러한 사람은 이제는 소수에 지나지 않았다.

"그건 어쩔 수 없는 일이지 않나. 헌터가 되는 순간 군복을 벗어야 하니……."

장총찬 소장은 부관인 노재석 소령이 무슨 이유로 그런 말을 하는지 잘 알고 있었다.

하지만 현행법 때문에 어쩔 수가 없었다.

군의 힘이 커지는 것을 두려워한 국회의원들이 법을 만들어 헌터는 군에 있을 수 없도록 만들어버렸으니, 만약 효율이 좋다는 이유로 유전자 변형 시술을 받게 된다면 더 이상은 군인으로 남아 있을 수 없게 되고 예편을 하여 헌터 협회 소속이 되어야만 했다.

그런 이유로 장총찬 소장이나 노재석 소령과 같은 이들이 부하들의 안전과 한정된 예산을 들어 예전처럼 유전자 변형 시술을 하자는 안건을 상부에 올렸지만, 상부에서 내려온 답변은 현행 헌터법 때문에 들어줄 수 없다는 것이었다.

그리고 그 답변과 함께 군인은 몬스터로부터 국민의 재산과 안녕을 지키는 것 외에도 다른 국가로부터 나라를 지키는 것이 주 임무라며 안건을 기각했다.

"그래, 그런데 무슨 일이야?"

몬스터 웨이브를 상대로 1차 공격을 마치고 한창 정비를 하고 있어야 할 노재석 소령이 자신을 찾아온 것에 대해 장총찬 소장은 의아한 표정으로 물었다.

그런 장총찬 소장의 물음에 노재석 소령은 아차 하는 표정으로 보고를 했다.

"아, 죄송합니다."

"아니야. 일단 무슨 일로 찾아온 것인지 그 이야기부터 듣기로 하지."

"네. 그럼 저기 전장을 한 번 봐주시기 바랍니다."

노재석은 표정을 진중하게 바꾸며 전장을 가리켰다.

노재석 소령의 말에 장총찬 소장은 고개를 돌려 1㎞ 전방에 헌터와 몬스터들이 싸우고 있는 전장을 주시했다.

그러다 자신도 모르게 신음성을 내뱉었다.

"흐음……."

그의 눈에 이상한 모습이 포착된 것이다.

군이 쏟아부은 포격으로 몰려들던 몬스터 웨이브가 주춤해졌고, 뒤이어 헌터들의 공격으로 많은 숫자의 몬스터가 죽었지만, 자신들을 향해 밀려드는 몬스터의 수는 아직도 많이 남아 있었다.

그 때문에 장총찬 소장은 다음과 같은 작전을 수립했다. 그 작전의 내용은 이랬다

첫째. 몬스터 웨이브를 막기 위해 1차로 군이 포격을 개시하고, 몬스터들의 진격이 주춤해지면 헌터들이 나서서 몬스터의 숫자를 줄인다.

둘째. 이후 헌터들이 뒤로 빠지면 1차 포격을 끝내고 정비를 마친 군이 다시 앞으로 나와 포격을 개시하여 몬스터의 숫자를 줄인다. 그리고 포격이 끝나면 잠시 휴식을 취해 체력을 보충한 헌터들이 군을 대신해 몬스터를 상대한다.

이렇게 군대와 헌터가 번갈아가며 몬스터 웨이브의 전력을 깎으면서 최종적으로는 몬스터 웨이브를 막아낸다는 전술이었다.

그런데 겨우 1차 포격 이후 헌터들의 공격이 진행 중인데, 이상한 모습이 포착되고 있었다.

그 이상한 모습이란 바로, 몬스터와 헌터가 뒤섞인 전장

뒤쪽에 있던 몬스터들의 움직임이었다.

소리산에서 내려오던 몬스터 웨이브의 방향이 왼쪽으로 바뀌어 있었기 때문이었다.

자신들이 보고 있는 전장의 왼쪽은 김현중 대령이 맡고 있는 지역이었다.

비록 그쪽에 거대 길드의 공대 2곳이 자리를 잡고 있기는 했지만, 몬스터 웨이브의 주력이 그쪽으로 몰려간다면 자칫 계획이 무산될 수도 있었다.

원래 몬스터 웨이브를 막는 주전장은 장총찬 소장이 있는 가운데 지역으로, 양 옆의 B섹터나 C섹터는 가운데 지역에 있던 몬스터들이 흘러 넘쳐 이 지역을 벗어나는 것을 막기 위해 포진한 것이었다.

그런데 무슨 이유에서인지 몬스터들이 방향을 틀어 김현중 대령이 있는 B섹터 쪽으로 몰려가고 있었다.

"자넨 어서 헌터 협회에서 파견 나온 최무식 사무장을 불러오게!"

뭔가 심상치 않은 일이 벌어지고 있다고 판단한 장총찬 소장은 노재석 소령에게 그렇게 명령을 내렸다.

"알겠습니다."

노재석은 장총찬 소장의 명령에 얼른 대답을 하고 뒤쪽 지휘사령부에 남아 있던 최무식을 불러오기 위해 달려갔다.

그리고 잠시 뒤, 최무식과 노재석이 장총찬 소장 앞에 섰다.

"무슨 일이십니까?"

최무식은 다급하게 자신을 찾는 노재석 소령에게 이끌려 이유도 듣지 못한 채 이곳까지 오게 된 터라 얼른 질문을 했다.

"아무래도 B섹터에 문제가 발생한 것 같소."

"네? 그게 무슨 소립니까? 그곳에는 화랑과 인피니티에서 나온 공대가 있는데……."

최무식은 문제가 발생한 것 같다는 장총찬 소장의 말을 이해할 수가 없었다.

막말로 B섹터의 경우엔 헌터 전력으로는 이곳보다 더 강력하다 생각하고 있었기에, 변고가 생긴 것 같다는 장총찬 소장의 말을 믿을 수가 없기 때문이었다.

몬스터 웨이브의 중심인 이곳에 있는 헌터들은 협회에서 지원 나온 팀 유니콘 제5전대와 6등급의 S급 헌터인 재식 말고는 사실 모두 작은 길드나 클랜에 소속된 헌터들뿐이었다.

즉, 이들 여섯 명을 빼고는 B섹터의 헌터 전력보다 훨씬 떨어진다는 소리다.

그럼에도 그곳에서 변고가 생겼다면 이걸 어떻게 받아들여야 할지 그로서는 난감하기만 했다.

화랑은 국내 최고의 헌터 길드였다. 화랑의 헌터들은 모두 실전파로서, 다른 대형 길드의 공대에 비해 20% 정도 더 강력한 전투력을 지니고 있다는 평가를 받고 있었다.

그리고 인피니티 길드 또한 비록 지금이야 급성장한 성신 길드로 인해 길드 랭킹이 한 단계 내려가기는 했지만, 한때는 화랑, 그리고 신성 길드와 함께 국내 헌터 길드 중 탑3에 자리하고 있던 길드였다.

인피니티 길드의 공대 또한 잘 짜인 매뉴얼로 인해 동급의 공대 중에서 가장 안정적인 몬스터 레이드를 펼친다는 인정을 받고 있다.

안정성에서는 인피니티를, 전투력에서는 화랑 길드를 높이 쳐주고 있었다. 그러니 이 두 길드에 소속된 공대가 하나씩 자리를 잡고 있는 B섹터에 문제가 발생할 일이 뭐가 있겠는가.

이 때문에 혼란에 빠진 최무식은 쉽게 판단을 내릴 수가 없어 장총찬 소장의 얼굴만 쳐다볼 뿐이었다.

장총찬 소장이 당황스러워 하고 있는 최무식 사무장에게 저 멀리 전장 너머의 소리산을 가리키며 말했다.

"잠시 저길 한 번 봐보시오."

"······어? 몬스터가······."

최무식의 눈에 소리산 꼭대기에서 내려오던 몬스터들이 자신들이 있는 중앙이나 오른쪽 C섹터가 아닌 화랑과 인피니티 길드의 공대가 머물고 있는 B섹터 쪽으로 몰려가고 있는 모습이 포착되었다.

"도대체 B섹터에 무슨 일이 벌어진 겁니까?"

몬스터는 짐승들처럼 본능이 무척이나 강한 존재다.

그렇기 때문에 무시무시한 전격과 불, 그리고 얼음과 바람 속성 공격을 퍼붓고 있는 팀 유니콘 제5전대를 피해 살길을 찾아 우왕좌왕하는 모습을 보이면서도, 뒤에서 밀려드는 다른 몬스터들 때문에 어쩔 수 없이 본능적으로 가운데로 몰릴 수밖에 없었다.

그런데 지금은 눈앞에 보이는 것처럼 무슨 이유에서인지 몬스터들이 어느 순간부터 방향을 틀어 왼쪽으로 돌아 내려가고 있었다.

그 말은 곧, 왼쪽 B섹터의 방어선이 무너진 탓에 몬스터들이 본능적으로 그곳이 살길이라고 판단해 몰려가고 있는 것이라 할 수 있었다.

다만, 최무식은 그런 기본 상식과 자신이 알고 있는 B섹터의 전력이 상충해 잠시 판단을 내리지 못한 것이었다.

"연락은 해보셨습니까?"

최무식의 질문에 답변을 한 것은 장총찬 소장이 아닌 그와 함께 온 노재석 소령이었다.

"오는 중에 B섹터에 연락을 해보았지만 연결되지를 않고 있습니다."

"뭐야!"

장총찬 소장은 깜짝 놀랐다.

그곳에는 김현중 대령을 비롯해 수백 명의 부하들이 있었다.

그런데 연락이 되지 않는다면 뭔가 큰 사단이 벌어진 것이 분명했다.

더욱이 원활한 정보교환을 위해 통신병은 전장의 후방에 자리를 잡고 있으면서 지휘사령부인 이곳과 24시간 통신을 해야만 한다.

그러니 연락이 되지 않는다는 소리에 장총찬은 놀랄 수밖에 없었다.

그렇다면 몬스터 웨이브를 맞아 방어선을 구축한 곳이 뚫린 것은 물론이고, 한참 뒤인 지휘통제실까지 밀렸다는 소리가 아닌가.

"혹시 모르니 C섹터도 한 번 확인해 보시죠."

최무식이 장총찬 소장을 바라보며 말했다.

그런 최무식의 말에 장총찬은 옆에 있던 노재석 소령에게 지시를 내렸다.

"들었지? 김영철 대령에게 연락해 봐!"

"알겠습니다."

노재석은 얼른 대답을 하고 지휘 사령부가 있는 곳으로 달려갔다.

결코 낮은 계급이 아님에도 불구하고 노재석 소령은 직접 지휘 사령부로 향했다.

그리고 한참 뒤에 다시 와서 보고를 했다.

"김영철 대령은 순조롭게 몬스터 웨이브를 막아내고 있는 중이라고 합니다."

"그래? 그나마 그쪽은 잘 막고 있다니 다행인군."

보고를 받은 장총찬은 고개를 끄덕이며 말을 했지만 표정은 심각하게 굳어 있었다.

"최 사무장!"

"네!"

"여긴 어떨 것 같소?"

"그게 무슨 말씀이신지……."

최무식은 장총찬 소장이 무슨 말을 하려고 하는 것인지 알 수가 없어 고개를 갸웃거리며 물었다.

"내 말은, 헌터 협회에서 지원군으로 보내준 팀 유니콘의 제5전대와 그 S급 헌터를 B섹터로 보내도 될지를 물어보는 겁니다."

장총찬은 자신이 보기에 이곳은 어느 정도 안정이 된 것 같아 혹시나 헌터 협회에서 보내준 지원군들을 변고가 일어났을 수도 있는 B섹터로 보내면 어떨까 싶어 물어본 것이었다.

그런 장총찬 소장의 심중을 알게 된 최무식은 잠시 고민을 하기 시작했다.

이번 몬스터 웨이브는 간단히 마무리될 만한 일이 아니었다.

산 너머에 얼마나 많은 몬스터가 있을지 알 수 없기 때문이었다.

그나마 다행은 이곳으로 몰려드는 몬스터의 숫자가 점점 줄어들고 있다는 점이었다.

다만, 문제가 되는 것은, 아무리 헌터 협회의 특무대인 제5전대와 S등급의 헌터라고는 해도 이들 여섯 명만으로 문제를 해결할 수 있냐는 것이었다.

아무리 강력한 헌터라 해도 다구리에는 어쩔 도리가 없다.

이것은 위험 등급 5등급 이상의 보스 몬스터를 헌터들이 잡는 요령이기도 했다.

그런데 이번에는 상황이 정반대였다.

강력한 헌터의 숫자는 겨우 여섯 명이고, 반대로 몬스터의 숫자는 수천이나 된다.

그러니 이들을 변고가 생긴 B섹터로 보내는 것이 걱정될 수밖에 없었다.

하지만 그렇다고 해서 이대로 두고 볼 수만도 없었다.

B섹터가 있는 지역의 뒤로는 아직 밝혀지지 않은 차원 게이트가 하나 있다.

겨우 5등급의 차원 게이트이기는 하지만, 몬스터 웨이브로 인해 다른 변수가 발생할지도 모르는 일이었기에 최무식으로서는 이러지도 저러지도 못한 채 고민에 잠겨 있었다.

4. 욕심의 대가(代價)

촤악! 촤악! 촤악!

쿵!

또 한 마리의 트롤을 잡은 재식은 다른 먹잇감을 찾아 주변을 살폈다.

하지만 그의 눈에 들어오는 것은 두려움에 떨고 있는 코볼트 몇 마리와 오크 한 마리뿐이었다.

그것들은 잡아 봐야 돈도 되지 않는 거지 몬스터였기 때문에 재식은 그것들에게서 시선을 돌려 소리산 어귀를 올려다보았다.

그곳은 몬스터들이 넘어오는 길목이었기에 소리산을 넘

어오는 몬스터를 살피기 위해서였다.

그런데 한참 동안 몬스터를 잡고 있어서 눈치를 채지 못하고 있었는데, 지금 보니 많은 몬스터들이 원래의 진행 방향인 자신이 있는 곳이 아닌 왼쪽으로 돌아 내려가고 있었다.

그 방향은 화랑 길드와 인피니티라는 거대 길드에서 나온 공대가 자리를 잡고 있는 곳이었다.

'무슨 일이지?'

몬스터들이 원래의 진행방향과는 다른 곳으로 몰려간다는 것은 너무도 정상적이지 않은 반응이었다.

'이거 좀 이상한데!'

6등급 헌터, 그것도 특별한 S급 헌터가 되기는 했지만, 재식도 싫어하는 상황이 있었다.

그것은 바로 변수가 발생하는 것이었다.

몬스터를 헌팅하는 중에 변수가 발생한다는 것은 헌터로서는 너무도 겪고 싶지 않은 상황이었다.

재식도 얼마 전 트롤을 사냥하던 중에 다이어 울프 떼의 습격을 받고는 사냥도 포기한 채 도망을 친 적이 있었다.

지금이야 다시 다이어 울프가 나타난다 해도 모두 잡아버릴 정도의 능력을 갖췄지만, 그 당시에는 다이어 울프 무리를 만났다면 100% 사망 각이었다.

그렇기 때문에 재식은 몬스터를 상대하는 중에 변수가 발생하는 것을 극도로 싫었다.

그런 경험은 그때 한 번으로도 충분하다고 생각하던 재식이어서, 몬스터 웨이브에 변수가 발생하자 기분이 찝찝해졌다.

'제길, 또 귀찮은 일이 발생할 것 같은데……'

아닌 게 아니라 괜스레 뒷목이 서늘한 것이, 안 좋은 일이 일어날 것만 같았다.

삐이―

[재식아! 정재식!]

잡을 만한 타깃이 보이지 않자 주변을 둘러보던 그때, 재식의 헌터 브레슬릿에서 소리가 들렸다.

"네, 누나! 무슨 일이세요?"

심각하게 긴급한 상황이 아닌 이상은 헌터 브레슬릿으로 통신을 할 일은 없었다.

느닷없는 최수연의 부름에 재식은 고개를 갸웃거리며 통신을 받았다.

그런데 아나나 다를까, 헌터 브레슬릿을 통해 들려오는 최수연의 목소리가 심상치 않았다.

[미안한데, 네가 B섹터로 좀 가줘야 할 것 같다. 그곳에 변수가 발생한 것 같아!]

최수연은 몬스터 웨이브가 처음 계획과는 다른 방향으로 진행되는 것에 대한 보고를 받고 급히 이번 작전의 총괄지휘관인 장총찬 소장을 찾아갔다.

그리고 그에게서 B섹터를 맡고 있는 지휘관과의 통신이 두절되었다는 이야기를 듣게 되었다.

그래서 최수연이 급히 재식을 찾은 것이었다.

B섹터의 현재 상황이 불분명한 만큼 함부로 누군가를 보낼 수는 없었다.

그러다 생각난 것이 바로 재식이었다.

재식의 특별한 능력을 어느 정도 알고 있던 그녀로서는 다른 누구보다도 재식을 보내는 것이 안전할 거라 판단했다.

[그곳에 가서 상황을 살펴본 다음, 여의치 않으면 바로 돌아와도 상관없어!]

혹시나 일이 잘못되었을 경우에는 그곳의 일에 관여하지 말고 돌아오라는 뜻이기도 했다.

사실 재식이 아무리 6등급에 S급 헌터라고는 해도 몬스터 웨이브를 혼자 막을 수는 없었다.

차라리 6등급 보스 몬스터를 혼자 상대하라면 그게 더 편할 수도 있는 일이었다.

아무리 강력한 몬스터여도 한 마리라면 능력 있는 헌터 혼자서도 시간을 끌며 상대할 수 있지만, 몬스터 웨이브처럼 다수의 몬스터를 헌터 혼자 묶어둘 수는 없었다.

만약 그런 일이 가능하다면 그 헌터는 세계 어느 나라에 가더라도 환영을 받을 것이다.

강력한 보스 몬스터는 탱킹이 가능한 고등급 헌터와 몬스터에 타격을 입힐 수 있는 딜러, 그리고 몬스터를 탱킹하는 탱커의 체력을 관리해줄 수 있는 힐러만 있다면 사냥이 가능하지만, 몬스터 웨이브의 경우에는 강력한 보스 몬스터와는 또 다른 의미에서 사람들에게 두려움을 주고 있었다.

"알았어요. 바로 움직일게요."

재식은 어차피 이곳에 있어봐야 잡을 몬스터도 더 이상 없었기에 수연의 부탁을 들어주기로 했다.

"헤이스트!"

원래라면 B섹터에 가기 위해서는 A섹터 사령부로 돌아가 이동수단을 이용해야 했다.

하지만 재식은 마법이 있는데 굳이 아래까지 내려갔다가 이동수단을 타고 B섹터까지 이동하기보다는 민첩성을 올려주는 헤이스트 마법을 사용해 이동하기로 했다.

그러는 것이 몬스터가 무슨 이유로 원래의 진행방향이 아닌 B섹터가 있는 왼쪽으로 방향을 틀었는지 더욱 빠르게 알 수 있을 것 같았기 때문이었다.

＊　　　＊　　　＊

쾅! 쾅!

전면에 있던 전차와 장갑차가 밀려드는 몬스터들을 향해

포와 중화기를 발사했다.

두두두두!

끄아악!

꾸웍!

다다다다!

군인들이 쏘아대는 중화기나 포탄에 맞고도 산에서 내려오던 몬스터들은 마치 파도가 해변에 몰아치듯 밀려들었다.

끼리릭!

그그긍!

한참 동안 포탄과 총알, 그리고 미사일 등을 쏘아낸 군인들은 약속된 것처럼 일제히 뒤로 빠져나갔다.

그러면서도 조금의 흐트러짐도 없이 밀려드는 몬스터를 계속해서 견제했다.

군인들이 일선에서 물러나 정비를 하기 위해 뒤로 빠지자, 이번에는 헌터들이 밀려드는 몬스터들을 막기 위해 앞으로 나섰다.

화랑 길드에서는 창과 검을 뽑아든 헌터들이 몸에 기를 불어넣으며 준비를 하는 반면, 인피니티 길드의 헌터들은 시술받은 맹수의 유전자를 깨웠다.

"크앙!"

잠들어 있던 맹수의 유전자가 깨어나면서 인피니티 길드의 헌터들은 커다란 포효를 내질렀다. 그들은 조금 뒤 펼쳐질 생사를 가르는 전투를 생각하며 흥분하고 있었다.

"모두 준비! 명령이 있기 전까지는 반드시 제자리를 고수해야 한다."

안기준은 자신의 밑에 있는 헌터들을 돌아보며 고함을 질렀다.

이에 질세라 인피니티 길드의 홍준영 또한 안기준과 비슷한 명령을 내렸다.

"괜히 몬스터 사이로 깊이 들어가 신호를 듣지 못하고 고립되는 놈은 버리고 갈 것이다. 그러니 모두 귀들 열어놓고 정신들 똑바로 차리고 있어!"

"알겠습니다. 크앙!"

홍준영의 지시에 그의 밑에 있던 헌터 하나가 포효를 내지르며 대답했다.

"좋아! 준비!"

대답을 들은 홍준영은 명령을 내린 다음, 조금 떨어진 옆에 자리를 잡고 있던 안기준을 힐끗 쳐다보았다.

'오만한 놈. 비록 지금은 함께 하고 있지만, 던전은 결국 우리 차지가 될 것이다.'

주둔지 뒤에 위치한 비활성 차원 게이트가 있는 쪽을 쳐다보던 홍준영은 그렇게 속으로 다짐했다.

각성 헌터도, 그렇다고 유전자 변형 시술을 받은 헌터도 아니면서 화랑 길드의 헌터들은 각성 헌터 이상으로 자존심이 강했다.

화랑 길드의 헌터들은 모두 군부 출신이고, 또 고대로부터 내려오는 무술을 극한까지 수련한 무사들이었다.

사실 현대의 무술은 소설에 나오는 그런 특별한 것이 없는, 그저 단순히 칼이나 창과 같은 무기를 수년, 수십 년에 걸쳐 극한까지 수련을 해야만 효과를 보는, 그런 것이었다.

그 때문에 대격변 이전에는 고전 무술이라는 것은 단순히 신체 단련용 그 이상도 이하도 아니었다.

대한민국은 사회 안전을 위해 총기류는 물론이고, 도검류 또한 허가받지 못한 사람은 소지가 불가능한 나라다.

그러니 무술을 배웠다고 해도 평소에는 집밖이나 또는 지정된 장소를 벗어나서는 무기를 소지할 수가 없다.

해서 무술은 그저 취미 활동 내지는 신체 단련을 위한 수단일 뿐이었지만, 대격변이 일어나고 차원 게이트를 통해 몬스터가 나타나면서 상황이 바뀌었다.

어찌된 이유에서인지 신체 단련용일 뿐이었던 무술이 힘을 발휘하기 시작했다.

시간이 지나면서 어느 순간부터는 소설에만 나오던 검기란 것이 칼과 검 끝에 발현되어 총에도 별다른 피해를 입지 않던 몬스터에게 치명상을 줄 수 있게 되었다.

이때부터 인류는 고대의 무술에 대해 연구를 하기 시작했다.

대격변 이전에는 오랜 기간 수련을 해봐야 별다른 효과도 없고 며칠 교육을 받은 총의 위력에 밀려 등한시 되었지만, 대격변을 겪은 이후 세월이 흐르면서 검과 칼이 과학의 발달로 총과 같은 화기에 밀렸던 것처럼 다시 화기의 시대는 저물어가고 창과 검 같은 냉병기가 각광을 받고 있었다.

대한민국은 오래전부터 전통을 계승한다는 생각으로 육군사관학교를 비롯해 각 부대에서 교양으로 각종 무술을 가르쳤는데, 이것이 몬스터를 상대할 때 힘을 발휘하면서 대 몬스터 특수부대의 기반이 되었다.

그 때문에 대격변 초창기 군에서 대 몬스터 부대를 운용할 때는, 지휘관들은 모두 무술을 통해 각성을 한 장교들이었고, 실제 전투는 유전자 변형 시술을 받은 부사관이나 특수부대에 지원을 한 병사들이 맡았다.

이러던 관행은 시간이 흘러 헌터의 시대가 시작되었음에도 불구하고 그다지 바뀌지 않고 있었다.

이후 직접 몬스터를 상대하던 특수부대원들은 모두 헌터가 되어 군을 떠나 대부분 기업들이 후원하는 헌터 길드로 들어갔지만, 장교로서 프라이드를 가지고 있던 사관학교 출신의 장교들은 대부분 화랑 길드로 모여들었다.

특히나 화랑 길드에는 대한민국에 3명밖에 없는 S급 헌터이자 사람들에게서 무신이라 칭송을 받던 이용진이 있었기 때문에 더더욱 그의 밑으로 들어가고 싶어 했다.

하지만 군인 출신으로서 국가와 국민을 지킨다는 프라이드를 가지고 있던 화랑 길드의 헌터들도 세월이 흐르고 돈의 맛을 알게 되면서 변질되어갔다.

물론 화랑 길드가 변한 것은 돈의 맛을 알게 된 이유도 컸지만, 결정적인 것은 5년 전에 무신 이용진이 사라졌기 때문이었다.

유전자 변형 시술을 받지도 않았고 또 우연히 속성을 각성해 헌터가 된 것도 아닌, 각고의 노력으로 자신을 갈고 닦아 무술에 대한 깨우침으로 몬스터를 상대할 수 있는 힘을 거머쥐었다는 프라이드가 강했던 화랑 길드의 헌터들은 그 자존심만큼이나 거만했다.

그 때문에 시술 헌터는 물론이고, 어쩌다 각성해 힘을 얻은 각성 헌터도 무시를 하면서, 많은 헌터들로부터 경원시되는 대상이 되었다.

그럼에도 화랑 길드의 헌터들은 어느 누구도 자신들 위에 있을 수 없다는 생각을 하면서 다른 길드의 헌터들이 뭐라 하던 마이웨이를 걸었다.

그러다 보니 적도 많아졌다.

그중에 하나가 바로 인피니티 길드의 공대장인 홍준영이었다.

그가 자신들만 알고 있던 비활성 상태의 차원 게이트를 강제로 활성화시키는 방법을 안기준에게 알려준 것도, 사실은 그와 함께 이득을 나누겠다는 것이 아닌 자신들 외에 여기 모인 모두를 희생양으로 삼아 차원 게이트를 활성화시키려는 계획이었기 때문이었다.

그렇게 자신들의 이익을 위해 희생양이 되는 줄도 모른 채, 안기준이 그의 부하들을 단속하며 접근하는 몬스터들을 지켜보고 있는 모습에 홍준영은 절로 옅은 미소를 머금었다.

'조금 뒤면 얼굴이 볼만해지겠군.'

얼마 남지 않았다.

조금만 있으면 그 동안 자신 앞에서 잘난 체를 하던 화랑 길드의 공대 하나를 날려버릴 수 있다.

안기준이 처절히 죽어가는 모습을 상상하자, 홍준영은 자꾸만 벌어지려는 입술을 억지로 깨물며 고개를 돌려야만 했다.

혹시나 자신의 표정을 안기준에게 들킬까봐 저어되었기 때문이었다.

그렇게 잠시 시간이 흐르고, 몬스터가 지척까지 다가왔다.

챙! 챙!

일부 헌터들은 들고 있던 무기로 접근한 몬스터를 상대하고 있었다.

"지금이다. 모두 뒤로 퇴각한다."

홍준영이 큰 목소리로 부하들에게 명령을 내리자, 인피니티 길드에서 파견 나온 헌터들은 상대하던 몬스터들을 힘껏 밀어내고는 신속하게 뒤로 물러났다.

그리고 그건 화랑 길드의 헌터들도 마찬가지였다.

홍준영이 소리를 지르기가 무섭게 마치 그것이 신호인 양 안기준 또한 화랑 길드의 헌터들에게 같은 명령을 내렸기 때문이었다.

사전에 두 사람이 모의를 했었기에 똑같이 움직인 것이었다.

한편, 위력사격을 끝내고 뒤로 물러나 정비를 하고 있던 김현중 대령과 3군단 1연대 2대대 군인들은 몬스터를 막고 있어야 할 헌터들이 일제히 뒤로 돌아 자신들이 정비를 하고 있는 후방까지 퇴각하자 깜짝 놀랄 수밖에 없었다.

만약 정말로 헌터들이 자신들이 있는 곳까지 물러나게 된다면, 자신들은 준비도 하지 못한 상태에서 몬스터를 맞닥 뜨려야 하기 때문이었다.

"뭐야!"

"저 새끼들 지금 뭐하는 짓이야!"

군인들은 하던 일도 잊은 채 몬스터에게서 도망을 치고 있는 헌터들을 바라보며 소리쳤다.

하지만 이미 작정된 대로 화랑 길드와 인피니티 길드의 헌터들은 군인들이 그러거나 말거나 빠르게 그들을 지나쳐

갈 뿐이었다.

＊　　　＊　　　＊

타다다다!

휘이익!

휘이익!

재식은 헤이스트 마법을 이용해 민첩성을 높여 한참 동안 내달렸다.

"저기군."

그렇게 달리던 중, 저 앞쪽으로 몰려가는 몬스터 무리의 끝이 보였다.

탁! 탁!

재식은 달리던 속도를 늦춘 후 헤이스트 마법을 해제하고 물체를 보이지 않게 하는 인비저블 마법을 자신의 몸에 시전했다.

"인비저블!"

몸에 투명 마법을 걸고도 재식은 다시 한번 소음 제거 마법까지 걸었다.

"싸일런스!"

투명 마법인 인비저블과 소음 제거 마법인 싸일런스, 이 두 마법을 자신의 몸에 건 재식은 그대로 몬스터들이 있는 곳으로 이동했다.

그런데 두 가지 마법을 걸었음에도 재식은 몬스터 무리에 들어간 뒤로 조심스럽게 걸었다.

이는 아무리 마법을 자신의 몸에 걸어 모습과 인기척을 지웠다 해도, 짐승처럼 감각이 예민한 놀과 고블린에게 자칫하면 들킬 수도 있었기 때문이었다.

그렇게 한참을 이동하다 재식은 인위적인 흔적을 발견했다.

'응? 왜 이것들이 이곳에 남아 있는 거지?'

몬스터 무리에 섞여 이동하던 중에 재식의 눈에 들어온 것은 바로 전차와 장갑차들이었다.

그런데 전차와 장갑차들에서는 인기척이 느껴지지 않았다.

재식은 조심스럽게 장갑차 뒤에 보병이 타고 내리는 출입구가 열린 것을 보고 그곳을 확인하기 위해 이동했다.

'으음……'

장갑차 내부를 확인한 재식은 자신도 모르게 작은 신음을 흘렸다.

그도 그럴 것이, 장갑차 내부는 인간들의 피로 범벅이 되어 있었다.

그리고 한때 인간이었을 것으로 보이는 잔해가 여기저기 널려 있어서 보는 것만으로도 분노를 자아냈다.

'대체 여기서 무슨 일이 벌어진 거야!'

작전대로라면 군인들이 피해를 입을 이유가 없었다.

게다가 군인들이 이렇듯 피해를 입을 정도라면 그에 앞서 헌터들의 시체가 보여야 함에도 불구하고 정작 군인들의 장비와 시체들은 보이지만 헌터의 시체는 어느 곳에서도 발견할 수가 없었다.

'설마……'

재식은 순간적으로 뇌리를 스쳐지나가는 생각에 경악했다.

하지만 설마 하는 심정으로 애써 그러한 생각을 떨쳐냈다.

이곳에 있었던 것은 다른 헌터 길드도 아니고 국내 최고의 헌터 길드인 화랑과 4위인 인피니티 길드였다.

막말로 인피니티 길드만 이곳에 있었다면, 이기적인 헌터들이 자신들만 살기 위해 군인들은 포기한 채 후퇴를 했다고도 생각할 수 있었다.

그렇지만 화랑 길드는 다른 것도 아니고 군인 출신들, 그것도 엘리트 사관생도 출신들을 주축으로 해서 만들어진 길드였다.

게다가 정부에서 세금의 일부를 돌려 만들어진 길드였기에, 그 동안 정부에서 시행하는 정책에 다른 대형 헌터 길드와는 다르게 무척이나 협조적인 태도를 보였었다.

그런데 지금 눈앞에 보이는 것만으로 판단한다면, 그러한 소문이 사실이 아닐 수도 있겠다는 생각마저 들어 재식을 혼란스럽게 만들었다.

"최수연 전대장님, 나오십시오."

재식은 몬스터 무리에서 벗어나 헌터 브레슬릿을 이용해 A섹터에 남아 있을 최수연에게 무전을 날렸다.

[그래, 무슨 일이야?]

무전을 날리기가 무섭게 최수연의 목소리가 들려왔다.

"지금 B섹터에 도착을 했는데, 상황이 심상치가 않습니다."

[무슨 일인데 상황이 심상치가 않다는 거야!]

"방금 도착해서 자세한 상황을 알 수는 없지만, 전차와 장갑차들이 다수 버려져 있고, 장갑차 내부에는 군인들의 시체 잔해가 있었습니다."

[뭐!]

최수연은 재식의 보고에 놀란 것인지 비명과도 같은 소리를 지르고는 아무런 말도 하지 못했다.

"그런데 군인들의 시체는 보이는데, 헌터들의 것은 어디에서도 보이지가 않습니다."

재식은 자신이 판단을 내리기가 어려워지자 있는 그대로 현장 상황을 최수연에게 보고했다.

[그래, 그럼… 음… 주변을 좀 더 살펴보고 다른 것이 나

오지 않으면 몬스터를 계속해서 쫓아가! 그리고 몬스터들의 목적지가 어딘지 알려줘!]

최수연은 지금의 일을 몬스터들의 갑작스러운 방향 전환으로 인해 발생한 사고로 판단을 내린 것인지, 조금 더 살핀 후 이상한 점이 발견되지 않으면 계속해 몬스터의 뒤를 쫓아가다가 몬스터들의 목적지를 파악해 알려달라는 말을 했다.

"알겠습니다. 그럼 저는 좀 더 주변을 살펴본 후 몬스터를 쫓겠습니다."

[그래. 우린 이곳 전장을 마무리하고 바로 쫓아갈게!]

"네!"

저벅! 저벅!

무전을 끝낸 재식은 장갑차에서 돌아 나와 이번에는 전차로 향했다.

그런데 전차는 출입구가 굳게 닫혀 있어 내부를 살펴볼 수가 없었다.

그래서 하는 수 없이 다른 전차로 가보았다.

하지만 역시나 그곳도 마찬가지였다.

그렇게 얼마동안 버려진 전차와 장갑차들을 확인했는데, 몇몇 전차와 장갑차는 출입구가 열려 있었고, 그런 전차와 장갑차의 내부는 군인들의 피와 잔해로 물들어 있었다.

"역시나……."

출입구가 닫힌 전차나 장갑차의 내부도 확인하고 싶었지만, 외부에서는 그것들의 출입구를 열 수 있는 방법이 없었다.

그래서 재식은 더 이상 이곳에서 시간을 허비할 수는 없다는 판단을 내리고 저 멀리에 보이는 몬스터를 뒤쫓아 갔다.

*   *   *

크앙!

"죽어! 죽어!"

챙! 퍽!

옛 물레울유원지 인근에서는 몬스터와 인간들이 생사를 가르는 전투를 벌이고 있었다.

그런데 1백여 명의 적은 수인 인간들은 수천 마리에 이르는 몬스터를 상대로도 전혀 밀리지 않고 오히려 밀려드는 몬스터를 일방적으로 학살했다.

"이거나 먹어라!"

"1조, 똑바로 막지 못해! 최창식, 너 인마, 몬스터가 뒤로 빠지잖아!"

안기준은 헌터들의 약간 뒤쪽에서 자신의 공대원들이 몬스터를 상대로 싸우는 것을 지휘하고 있었다.

몬스터들은 자신이 예상했던 숫자 이상으로 몰려들고 있

었다.

자신이 맡고 있던 B섹터는 기껏 해야 1,500~1,800마리 정도의 몬스터가 올 것이라 예상되던 지역이었다.

그런데 예상과는 다르게 A섹터로 갔어야 할 몬스터까지 자신들이 있던 곳으로 밀려들고 있었다.

많아야 2천 마리도 되지 않을 것으로 예상되던 지역에 무려 5천여 마리가 몰려든 것이었다.

그 때문에 겨우 2등급 몬스터가 주를 이루는 몬스터 웨이브에도 점점 밀리고 있었다.

겉으로는 자신들이 일방적으로 학살을 하고 있는 것으로 보일 수도 있겠지만, 벌써 1천 마리 이상의 몬스터를 상대한 터라 자신의 부하들은 많이 지친 상태였다.

그에 반해 밀려드는 몬스터는 한 마리가 죽으면 새로운 한 마리가 나타났고, 그 한 마리를 죽이면 또다시 새로운 몬스터로 대체되었다.

마치 1950년 6월 25일에 발발했던 전쟁에서 북한을 도와 압록강을 넘어 남쪽으로 밀고 내려왔던 중공군의 인해전술마냥, 계속해서 정말이지 이름 그대로 몬스터 웨이브의 공포를 느끼게 만드는 몬스터의 물결에 헌터들은 점점 지쳐만 갔다.

그리고 그건 화랑 길드만의 문제가 아니었다.

그들의 옆에서 인피니티 길드의 헌터들 또한 화랑 길드의 헌터들과 다르지 않은 모습으로 몬스터를 상대하고 있었다.

"막아! 더 이상 물러날 곳도 없다."

황준영은 예상과는 다르게 너무도 많은 몬스터가 밀려들자 지친 목소리로 소리를 질렀다.

그 또한 안기준처럼 생각 밖으로 많은 숫자의 몬스터가 밀려들자 더 이상 다른 생각을 할 수도 없었다.

처음 퇴각을 했을 때까지만 해도 그의 계획은 성공하는 듯 보였다.

소리산에서 내려오는 몬스터의 숫자가 예상보다 조금 많기는 했지만, 겨우 위험 등급 2등급의 놀이나 코볼트가 대부분일 뿐이었다.

물론 간간히 3등급의 오크나 4등급의 웨어울프도 보였지만 그리 위협적인 숫자는 아니었다.

하지만 그러한 생각이 바뀌는 데에는 그리 오랜 시간이 걸리지 않았다.

처음 계획대로, 1차 공격을 한 후 정비를 하고 있던 군인들을 몬스터에게 미끼로 던져준 뒤 신속하게 물러나 진영을 갖추었다.

그때까지만 해도 안기준은 자신의 계획이 성공할 것이라 믿어 의심치 않았다.

하지만 몬스터에게 미끼로 던져준 군인들은 그의 예상보다 기민하게 움직였다.

몇몇 군인들은 상황을 인지하는 것이 늦어 피해를 입었지만, 상당수의 군인들은 전차와 장갑차에 올라타 출입구를 막음으로써 피해를 줄일 수 있었다.

한편 소리산에서 내려온 몬스터들은 광분한 상태로 자신들을 상대하던 인간들을 공격했다.

인간이라면 보이는 대로 날카로운 이빨과 발톱으로 물고 찢었다.

일부 몬스터는 군인들의 신체를 찢는 것에 그치지 않고 먹기까지 했다.

상위 몬스터의 이동으로 영역을 벗어나 도망치던 중이었던지라 몬스터들은 제대로 먹이를 먹지 못한 상황이었다. 그런 와중에 몬스터나 짐승들보다 부드럽고 연한 인간의 시체가 눈앞에 보이자, 단순히 폭력성만 폭발시키고 지나갈 수가 없었던 것이었다.

출입구가 열린 전차나 장갑차에 뛰어든 몬스터는 백이면 백 모두 그 안에 있던 군인들을 죽이고 포식했다.

하지만 제대로 포식을 한 몬스터는 그리 많지 않았다.

철로 된 출입구를 안에서 잠가 버리자 안으로 들어갈 수가 없게 된 몬스터들은 저 멀리 도망치고 있는 또 다른 먹잇감을 향해 달려들었다.

하지만 도망치던 먹잇감들은 방금 전 쇠로 된 상자에 들어 있던 먹이와는 전혀 다른 인간들이었다.

그들은 자신들보다 더욱 무시무시한 발톱과 이빨을 가지고 있었고, 쇠로 된 발톱과 이빨로 동족과 상위 포식자들을 학살했다.

몬스터들은 본능적으로 앞에 있는 먹이가 뒤에 있는 포식자들보다 무서운 존재라는 것을 깨달았다. 그러나 그럼에도 멈추지 않고 달려들었다.

무섭고 강한 먹이이기는 하지만 뒤에서 밀려드는 동족이나 포식자들의 숫자가 더욱 많았기 때문이었다.

이러한 몬스터들이 수백, 수천이 되면서, 인피니티 길드의 헌터나 화랑 길드의 헌터들은 모두 무기를 들 힘도 또 유전자의 힘을 끌어 올릴 에너지도 점점 줄어들고 있었다.

"제길······."

"젠장! 홍준영! 뭐 좋은 생각 없나?"

안기준은 부하들이 점점 지쳐가고 있다는 것을 느끼고는 저 멀리서 놀을 상대하고 있던 홍준영을 향해 소리를 쳤다.

그런 안기준의 목소리에, 이제 막 앞에 있던 놀을 처리한 홍준영은 인상을 구겼다.

'젠장, 이젠 아예 대놓고 말을 놓는군.'

일이 계획대로 풀리지 않는 것에 짜증이 난 홍준영은 밀려드는 몬스터를 상대하면서 속으로 안기준을 욕했다.

하지만 그렇다고 여기서 본모습을 내보였다가는 어떤 일이 벌어질지 몰라 표정을 풀고 대답했다.

"지금 상황에서는 나도 뾰족한 수가 없어. 한시라도 빨리 A와 C섹터의 헌터들이 몬스터들을 처리하고 우리를 도와주러 오기를 기다리는 수밖에."

"그때까지 버틸 수 있을까……."

안기준은 안색이 어두워지며 작게 중얼거렸다.

하지만 작게 중얼거렸다고는 해도 주변에 있던 헌터들은 그의 목소리를 모두 들을 수 있었다.

공대장들의 대화였기에 몬스터를 상대하던 헌터들이 안기준과 홍준영의 말에 바짝 귀를 기울이고 있었기 때문이었다.

두 사람의 대화를 들은 헌터들은 급격히 사기가 떨어져 버렸다.

그러자 지금까지 잘 막아오던 방어선이 급격히 무너지기 시작했다.

겨우 놀과 코볼트의 공격에 손발이 어지러워지더니 급기야 하나둘 몬스터의 공격에 상처를 입으면서 방어선 중 일부가 무너진 것이었다.

그리고 한 번 무너진 저지선은 점점 그 크기가 커져갔고, 그로 인해 헌터와 몬스터는 한 무리마냥 뒤섞이며 난전을 벌이기 시작했다.

으악!

크앙!

　　　　　*　　　　　*　　　　　*

　재식은 처음으로 군인들의 피해를 확인했던 전장에서 5㎞
정도 뒤로 물러선 지점에 이르러 있었다.

　'저곳이군!'

　그의 눈에 전방 500m 앞에 몬스터들이 몰려 있는 것이
보였다.

　그곳으로부터 인간들의 비명 소리와 몬스터들의 광기 짙
은 괴성이 뒤섞여 들려왔다.

　몬스터들의 목적지가 바로 앞이란 것을 확인한 재식은 주
변을 둘러보았다.

　굳이 이대로 몬스터 수천 마리가 몰려 있는 곳으로 뛰어
들기보다는 도대체 무엇 때문에 몬스터들이 방향을 틀어 이
곳으로 몰려들었는지부터 살펴야 했다. 그러기 위해서는 지
금 서있는 곳보다는 높은 지형으로 올라가는 것이 더 나을
것이란 판단이 들었다.

　'저기가 좋겠군.'

　얼마 떨어지지 않은 곳에 비록 몬스터들에 의해 부셔져서
버려지기는 했지만 아직 골조가 남아 있는 조형물이 있었
다. 그 꼭대기에 올라가서 바라보면 몬스터에게 들킬 염려
도 없이 보다 확실하게 상황을 살필 수 있을 것 같았다.

스윽! 스윽!

휙!

조형물 꼭대기에 오른 재식은 눈에 마법을 걸었다.

아무리 원래부터 시력이 좋았다고는 해도, 500m나 떨어진 곳에 대한 상황을 정확하게 살피기란 불가능하기 때문에 마법을 사용한 것이었다.

"위자드 아이!"

비록 원소 마법으로서 비슷한 마법인 '이글 아이' 보다는 효율이 떨어지기는 했지만, 그래도 위자드 아이 마법 역시 500m 전방에 있는 몬스터들의 움직임이나 상황을 살피기에는 부족함이 없었다.

"무엇 때문인지는 몰라도 헌터들이 동요하고 있는 것 같은데?"

몬스터들을 잘 막고 있던 헌터들은 어느 순간부턴가 손발이 어지러워지더니 급기야 방어선 중 일부가 뚫려버렸다.

그리고 조금 뒤 방어선이 무너지면서 혼전이 펼쳐졌다.

징—!

'어! 뭐지?'

한참 동안 헌터들과 몬스터들의 싸움을 살피고 있는데, 재식의 귓가에 이명이 들렸다.

재식은 무엇 때문이지 이유를 알 수는 없었지만 뭔가 기분 나쁜 일이 일어날 것만 같은 예감이 들어 심장이 심하게 뛰었다.

찌잉!

그리고 그러한 느낌은 점점 심해져서 재식의 귀에 통증을
일으켰다.

"윽!"

고막에서 강한 진동과 함께 통증이 밀려들자, 재식은 자
신도 모르게 귀를 부여잡고 제자리에 주저앉아 버렸다.

5. 게이트 브레이크

몬스터, 대격변으로 인해 차원을 넘어온 괴생명체.

인류는 이계에서 넘어온 괴물을 효과적으로 막아내기 위해 위험 등급을 매겼고, 또 이들을 잡는 특별한 능력을 가진 이들을 헌터라 명명했다.

헌터의 등급은 몬스터의 위험 등급에 맞춰 매겨졌는데, 이는 해당 몬스터에게 최소한의 피해를 입힐 수 있느냐 하는 것이 그 기준이었다.

그런데 왜, 무엇 때문에 최소한의 대미지인가, 하는 의문을 가지는 이들도 있었다.

물론 처음부터 이러한 기준이 있었던 것은 아니었다.

대격변 초기, 몬스터의 위협에 대항하는 사람들이 나타나면서 몬스터 헌터 줄여서 헌터라고 명명된 이들이 등장했는데, 이들은 국민의 생명과 국토를 수호하던 군인과는 다르게 자신의 가족과 본인의 이득을 위해 움직였다.

그러다 보니 몬스터라면 종을 가리지 않고 싸웠다.

그 때문에 대격변 초기에는 몬스터와의 싸움에서 군인들은 물론이고, 헌터도 무수히 많은 숫자가 죽어 나갔다.

위험 등급이 낮은 몬스터였다면 상처는 입을지 몰라도 생명을 잃을 정도는 아니었겠지만, 당시의 헌터들은 몬스터의 위험 등급도 몰랐고, 몬스터에 대한 정보 부족으로 인해 무턱대고 싸워댄 대가를 치러야만 했다.

하지만 이후 몬스터에 대한 자료가 수집되면서 UN에서는 몬스터를 인류의 적으로 규정하고 이들의 침공을 막기 위해 적극적으로 연구와 전투를 병행하면서 몬스터의 등급을 매기기 시작했다.

그렇게 쌓인 몬스터의 정보를 취합해 위험 등급을 매기고, 헌터들 또한 능력에 맞게 등급을 부여하여 자신에 맞는 몬스터를 사냥하도록 했다.

그로 인해 날로 늘어나던 헌터들의 사망률이 조금씩 내려가기 시작했다.

물론 자신의 등급은 무시한 채 욕심에 또는 호승심에 보다 높은 위험 등급의 몬스터에 달려들다 사망하는 헌터는 아직도 몇 명씩 뉴스를 장식하고 있었다.

그 때문에 각국 정부는 UN의 권고에 따라 수시로 이러한 사실을 언급하며 헌터들에게 각별히 주의를 기울였다.

그런데 몬스터의 위험 등급에 맞춰 매겨지는 헌터 등급의 기준이 왜 최소 대미지일까?

몬스터는 위험 등급이 올라갈수록 무리를 짓기보다는 일정 영역을 자신의 사냥터로 정해 활동을 했다.

그렇기 때문에 자신의 영역에 다른 동족이 침입을 한다면 이를 도전으로 받아들여 생사를 가르는 싸움을 벌인다는 사실을 알게 되었다.

즉, 몬스터라 불리는 이계의 생명체들은 지구상의 맹수와는 외모와 지능이 다르지만 아주 흡사한 면이 있었다.

헌터는 등급이 낮은 때는 몬스터와 1:1도 가능하고 혹은 위험 등급이 낮은 몬스터는 다수라도 혼자서 사냥할 수 있지만, 등급이 높아질수록 그러한 현상은 역전되었다.

그 이유는, 높은 등급의 몬스터들 대부분이 인간이 혼자서는 감당할 수 없을 정도로 거대해지기 때문이었다.

그중에도 몇몇 군집생활을 하는 작은 몬스터들도 있기는 했지만 단독 생활을 하는 몬스터의 대부분이 그러했다.

그 때문에 헌터가 높은 등급으로 갈수록 고위험 등급의 몬스터에게 대미지를 주는 것에는 한계가 있었다.

몬스터의 위험 등급이 그 몬스터가 가진 최고 전투력이라면, 헌터의 등급은 이러한 이유 때문에 해당 몬스터에게 최소 대미지를 줄 수 있는 한계를 측정해 등급을 부여하는 것이었다.

헌터들이 자신의 등급을 제대로 알고 또 싸울 몬스터의 위험 등급을 알게 되면서 보다 효과적으로 몬스터를 상대할 수 있게 되었다.

그리고 시간이 흐르면서 헌터들은 몬스터를 상대로 생존을 해가며 점점 강력한 헌터가 되어갔다.

물론 몬스터라고 해서 모두 높은 등급의 몬스터만 차원 게이트에서 나오는 것은 아니었다.

아니, 오히려 높은 등급의 위험한 몬스터는 아주 드물었다.

차원 게이트에서 나오는 몬스터는 위험 등급이 4등급 이하인 몬스터가 대부분을 차지하고 있었다.

지구상에 발생하는 차원 게이트의 60%에서는 게이트 브레이크 시에 위험 등급 1~2등급의 몬스터가 쏟아져 나왔고, 위험 등급 3등급은 20%, 4등급은 13%, 5등급은 6%의 비율로 나왔다.

남은 1%는 위험 등급이 6등급 이상의 몬스터를 품고 있는 게이트로서, 사실 위험 등급 6등급 이상의 차원 게이트가 나타나는 것은 200개가 넘는 나라들 중 1% 정도였다.

그러니 이 위험 등급 6등급 이상의 차원 게이트가 출현한다는 것은 그 나라 입장에서는 자연재해나 마찬가지였다.

그것이 초강대국 미국이나 러시아와 같은 군사 및 헌터 강국이라도 말이다.

그런데 지금, 헌터 협회에서 측정한 바에 따르면 5등급 에너지 반응을 보여 6%에 해당하는 5등급 몬스터를 품고 있을 것으로 예상되는 물레울유원지 차원 게이트에서 이상 상황이 발생하고 있었다.

차원 게이트 브레이크까지는 아직도 기간이 일주일 가까이 남아 있었음에도 불구하고 무슨 이유에서인지 활동을 시작한 것이었다.

*   *   *

지잉―!

마무리 되어가는 전장을 뒤로하고 한참 동안 이상이 생긴 B섹터에 대한 대책회의를 하고 있던 최수연은 갑자기 고막으로 느껴지는 이명에 고개를 돌렸다.

"응!"

"윽!"

"어? 대장님도 느꼈어요?"

권인하는 이명이 울리는 귀를 부여잡고 비슷한 반응을 보이고 있는 최수연을 돌아보며 물었다.

"무슨 일인데 그래요?"

옆에서 두 사람의 반응을 보고 신초롱이 물었다.

"응, 뭔가 이명이 들리는 것 같아서."

최수연은 자신도 무엇 때문에 이러한 현상이 일어난 것인지 알 수가 없어서, 자신들을 쳐다보고 있는 사람들에게 그저 사실을 있는 그대로 이야기해주는 수밖에 없었다.

"그럼 최 전대장님과 권인하 부전대장만 들은 겁니까?"

대책회의에 함께 참석하고 있던 최무식 사무장이 조심스럽게 물었다.

"저는 못 들었어요."

"저도……."

그런데 최무식 사무장의 질문에 대답을 하던 중, 갑자기 다시 한번 팀 유니콘 제5전대의 대원들 전부가 자신의 귀를 부여잡으며 신음성을 터뜨렸다.

찌잉!

"윽!"

"악!"

"아악!"

"뭐야, 이거!"

각자 표현은 달랐지만 고막을 심하게 울리는 통증으로 인해 신경질적인 반응을 보였다.

이들의 이상 반응에 최무식 사무장과 회의를 주관하던 장총찬 소장은 서로 눈을 마주쳤다.

그리고 누가 먼저랄 것도 없이 주변에 있던 부관과 부하 직원에게 소리쳤다.

"혹시 모르니 밖에 있는 헌터들은 어떤지 알아봐!"

"다른 헌터들의 반응을 살피고 와!"

후다다닥!

장총찬과 최무식의 지시를 받은 군인과 협회 직원은 막사 밖으로 달려 나갔다.

그 두 사람이 돌아오기 전까지 잠정적으로 회의는 중단되었다.

잠시 뒤, 막사 밖으로 나갔던 두 사람이 안으로 들어와 보고를 했다.

"다른 헌터들에게서는 이상 반응을 보지 못했습니다."

"흐음……."

보고를 받은 장총찬 소장이나 최무식은 고개를 갸웃거렸다.

여기 안에 있는 최수연 전대장이나 팀 유니콘 제5전대 대원들은 모두 이명을 들었다고 하는데, 정작 밖에 있는 헌터들은 어떠한 소리도 듣지 못했다고 하니 이상했던 것이었다.

하지만 지금 여기 있는 최수연이나 다른 대원들이 굳이 자신들에게 거짓말을 할 이유는 없었다.

이때, 자신의 귀에는 두 번이나 이명이 들렸고, 또 첫 번째 이명은 못 듣다가 두 번째 이명은 다른 대원들도 들은 것에 대해 생각을 하던 최수연은 인상을 구겼다.

"혹시……."

전대장인 최수연이 무언가 생각난 것이 있는 듯하자 권인하가 조심스럽게 물었다.

"뭔가 생각나는 거라도 있어요?"

"응. 혹시… 게이트 브레이크가 일어날 때 발생하는 현상에 대해 권 부전대장은 들어본 적 없어?"

"게이트 브레이크요?"

느닷없이 게이트 브레이크를 언급하는 최수연의 말에 권인하를 비롯해 대원들은 그녀의 얼굴을 멍하니 쳐다보았다.

그러한 이야기는 한 번도 들어본 적이 없었기 때문이다.

자신들이야 게이트 브레이크가 벌어졌다는 신고를 받으면 출동만 하던 입장이었던지라, 직접적으로 게이트 브레이크가 일어날 때 어떤 일이 벌어지는 지에 대해서는 들어본 바가 없었다.

"아니요. 그런 것은 들어보지 못했는데, 언니는 들어본 적 있어요?"

정미나가 눈을 동그랗게 뜨며 물어왔다.

"혹시 게이트 브레이크의 징후에 관한 이야깁니까?"

조용히 이야기를 듣고 있던 최무식이 그들의 이야기에 끼어들며 말했다.

헌터 협회의 사무장으로서 차원 게이트 발견 신고나 현장 조사가 주 임무인 최무식이다 보니 그와 비슷한 이야기를 많이 들어온 그였다.

본인이 헌터는 아니었지만 현장으로 다니다 보면 그런 것에 대해 많이 듣고 겪을 수밖에 없었다.

차원 게이트가 폭발하는 현상, 게이트 브레이크가 일어날 때 차원 게이트는 그냥 폭발을 하는 것이 아니었다.

처음 차원 게이트가 지구상에 나타나면 그 위쪽에 게이트가 활성화 되는 기간이 표시된다.

차원 게이트를 연구하는 학자들 속에서도 의견이 분분하기는 하지만, 대체로는 이 숫자가 가지는 의미에 대해 게이트가 폭발하는, 즉 브레이크를 일으킬 에너지를 모으는 기간이 아닐까 생각하고 있었다.

마치 새가 세상에 나오기 위해서는 알을 깨고 나오기까지 부화 기간을 거치듯이, 차원 게이트도 그러한 것이 아닌가 하는 생각에 기반을 둔 의견이었다.

그리고 이러한 차원 게이트가 브레이크를 일으킬 때는 전조 현상이 일어나는데, 감각이 예민한 헌터들의 경우에는 먼 거리에서도 이러한 조짐을 느낄 수 있다고 했다.

이는 차원 게이트가 브레이크를 일으키려고 축적했던 에너지를 다시 외부로 발산하면서 브레이크를 막고 있던 어떤 벽을 허물 때, 약간의 에너지가 외부로 흘러나오면서 그러한 현상을 일으킨다고 보는 학설에 근거한 주장이었다.

또 감각이 예민하지 않더라도 브레이크가 일어나는 게이

트 근처에 있다면 충분히 느낄 수 있다고도 했다.

하지만 게이트 브레이크가 일어날 때는 엄청난 에너지가 폭발을 하면서 대기를 찢어발긴다.

만약 헌터가 그곳에 있다면, 아마 그 영향으로 무사하지는 못할 것이었다.

실제로 게이트 브레이크가 일어난 현장은 마치 폭탄이 폭발한 것과 비슷한 흔적을 남겼다.

단단한 건물이나 바위 등은 그 영향이 덜했지만, 창문이라든가 나무와 풀 등은 그 충격파에 깨지고 부러지거나 쓸려나가 그 충격이 얼마나 강력한지를 보여주었다.

그리고 그 충격의 흔적은 에너지 등급이 높은 차원 게이트일수록 더욱 선명했다.

실제로 10여 년 전 서울 한복판에 발생해 7등급 보스 몬스터 거미여왕이 나왔던 차원 게이트의 경우에는 반경 3㎞가 완전히 파괴되었고, 그 피해 범위가 15㎞에 이를 정도로 심각했다.

그런데 지금과 같은 이명을 일으킬 정도로 게이트 브레이크의 전조를 보일만한 차원 게이트는 이들이 있는 곳에서 거리상으로도 상당히 떨어져 있었다.

이들이 모두 헌터 등급으로 6등급 이상의 고위 헌터이기는 하지만, 이 근처에 이 정도로 에너지 파장을 일으킬 만한 차원 게이트는 없었다.

이곳에서 가장 가까운 차원 게이트는 거리만도 10㎞ 이상 떨어져 있었고, 또 그 차원 게이트는 헌터 협회에서 측정한 바에 따르면 겨우 5등급의 게이트였다.

즉, 이 정도로 에너지 파장을 일으키는 것은 불가능하다는 소리다.

그 때문인지 최무식을 비롯해 차원 게이트에 대해 어느 정도 알고 있던 최수연으로서도 이 현상을 어떻게 이해해야 할지 몰라 어리둥절할 수밖에 없었다.

"하! 이번 몬스터 웨이브는 왜 이따위야!"

최수연은 갑자기 바뀐 몬스터 웨이브의 진행 방향이나 느닷없는 게이트 브레이크 전조현상, 그것도 돌발 게이트 브레이크라고 보기에는 너무도 강력한 에너지 파장 때문에 이 현상을 두고 쉽게 판단을 내리기가 어려웠다.

그러다 보니 자신도 모르게 짜증이 나서 소리를 쳤다.

"혹시……."

최수연의 짜증에 많은 사람들의 관심이 그녀에게로 쏠려 있을 때, 최무식이 무언가 생각난 듯 입을 열었다.

"네? 뭐 알고 있는 거라도 있습니까?"

옆에서 들리는 최무식의 목소리에 권인하가 얼른 고개를 돌려 그를 바라보며 물었다.

"아니, 정확한 것은 아닌데……."

"정확한 게 아니어도 좋으니 뭐라도 있으면 얘기해 봐요."

방금 전까지 짜증을 내던 최수연이 급히 끼어들며 말했다.

평소라면 연장자인 최무식에게 조심스럽게 말을 했겠지만, 지금은 한껏 짜증이 난 상태인지라 그런 것도 잊고 다급하게 소리를 지른 것이었다.

그런 최수연의 말에 최무식은 잠시 멍하니 그녀를 쳐다보다가 말을 이었다.

"으음… 그게, 조금 전에도 이야기를 했다시피 확실한 것은 아니지만……."

"아니지만?"

너무도 긴박한 순간이라 정미나는 자신도 모르게 최무식의 말끝을 따라 했다.

그런 정미나의 따라 하기에도 사람들의 관심은 오직 말을 잇는 최무식의 입술에 집중되어 있었다.

"일부 헌터들 사이에서 들리는 소문에 의하면, 차원 게이트를 강제로 브레이크 상태로 만드는 방법이 있다고 하더군요."

"뭐요?"

"뭐라고?"

최무식의 이야기가 끝나기 무섭게, 그 자리에 있던 최수연과 제5전대 대원들은 하나같이 경악을 금치 못했다.

게이트 브레이크 현상은 사람들에게 공포의 대상이었다.

브레이크가 일어나면 그 안에 있던 몬스터가 뛰쳐나와 주변에 있던 인간을 잔인하게 죽이며 난동을 부렸다.

그런데 그러한 게이트 브레이크를 인위적으로 일으키는 방법이 있고, 게다가 누군가 그것을 알고 이를 사용할 수도 있다는 말을 듣게 된 것이었다.

그렇다 보니 이를 처음 들은 최수연이나 다른 대원들로서는 이처럼 강렬한 반응을 보이는 게 당연했다.

"그게 사실이오?"

헌터들인 그녀들보다는 반응이 늦었지만, 조용히 이야기를 듣고 있던 장총찬 소장 또한 방금 전 최무식 사무장이 한 이야기의 의미를 깨닫고는 굳은 표정으로 물었다.

자신은 느끼지 못했지만 방금 전 최수연과 헌터 협회 특무대인 제5전대 대원들의 반응으로 보건데 문제가 심각하다는 판단을 내린 장총찬으로서는 최무식의 이야기가 진실인지 알아야만 했다.

그도 그럴 것이, 이상 현상에 의해 몬스터가 몰려간 B섹터를 담당하고 있던 부하들의 생사가 현재 아직까지도 확인되지 않고 있기 때문이었다.

이렇듯 진실에 가까워지고 있던 이곳 지휘사령부 막사 안의 분위기는 점점 심각해져만 갔다.

*   *   *

찌잉—!

'윽!'

"악!"

한참이나 몬스터들과 드잡이를 하던 헌터들은 갑자기 고막을 울리는 충격에 하던 행동을 멈춘 채 양손으로 귀를 막고 제자리에 주저앉았다.

그리고 그건 몬스터들 또한 마찬가지였다.

조금 전까지만 해도 헌터를 상대로 죽일 듯이 달려들던 몬스터들 또한 무언가에 충격을 받은 듯 주춤거리고 있었다.

하지만 몬스터들은 헌터들과는 달리 빠르게 정신을 차리고 자신들이 있던 장소에서 벗어나려 했다.

끄악!

꾸웡!

몬스터들은 마치 비명과도 같은 괴소를 날리며 우왕좌왕하기 시작했다.

"으, 뭐야!"

가장 먼저 정신을 차린 것은 안기준이었다.

6등급 초반의 헌터인 그는 갑자기 느껴진 귓가의 통증에 짜증을 내다가 몬스터들이 우왕좌왕하는 모습을 보며 고개를 갸웃거렸다.

조금 전 몬스터를 상대하다 부지불식간에 느껴진 통증에 그는 상황을 인지하지 못한 채 어리둥절해 했다.

하지만 정신을 차린 뒤, 자신이 얼마나 미련한 짓을 했는지 깨닫고 반성하던 찰나, 몬스터가 자신은 공격하지 않고 무언가에 놀라 도망치려 하는 모습을 보이자 의문을 품은 것이었다.

하지만 몬스터가 무엇 때문에 저리 움직이는지 몰라 안기준은 제자리에 가만히 서 있었다.

한편 이들로부터 500여 미터 정도 떨어진 곳에서 느닷없는 울림에 귀를 부여잡고 주저앉은 재식은 몸 안에 있던 마력을 돌려 고막을 보호하고 대기를 울리는 현상에 적응해 갔다.

귀가 적응을 하자 재식은 눈에 돌리던 마력을 더욱 높이며 주변을 살피기 시작했다.

그리고 방금 전의 이상 현상이 어디에서 비롯된 것인지 확인했다.

"저건……."

재식이 돌아본 곳에는 브레이크까지 아직 5일 정도는 여유가 있다고 들었던 차원 게이트가 있었다.

그런데 그 차원 게이트가 이상 현상을 보이고 있는 것이 아닌가!

위자드 아이 마법을 이용해 전장을 살피던 재식의 눈이 5등급 차원 게이트에 다다랐을 때, 흐릿하면서 검붉은 안개와도 같은 무언가가 차원 게이트로 흘러들어가는 모습이 포착된 것이었다.

게다가 단순히 게이트 안으로 빨려 들어가는 것에서 그치지 않고 어느 순간부터는 밖으로 배출하듯 방향이 바뀌어 넓게 퍼지면서 재식이 있는 쪽으로도 그 검붉은 안개와도 같은 것이 밀려들었다.

"이게 뭐지?"

재식은 자신도 모르게 곁으로 밀려드는 그 검붉은 안개와도 같은 것을 확인해 보았다.

그리고 그것이 변질된 마력임을 알기까지는 그리 오랜 시간이 걸리지 않았다.

우웅!

조금 전까지만 해도 대기를 찢어발길 것처럼 날카롭게 울리던 소음은 이제는 마치 커다란 북을 치듯 묵직한 음파를 내기 시작했다.

그런데 이상한 것은, 대기가 찢어질 듯한 파장이 일어날 때까지만 해도 난동을 부리던 몬스터들이 깊고 묵직한 저음의 소음이 들리자 마치 굳어버리기라도 한 듯이 하던 동작을 멈추고 있었다.

그리고 주변으로는 조금 전까지만 해도 몬스터가 내는 괴음과 헌터들의 고함소리, 몬스터와 헌터들이 움직이면서 내는 발자국 소리 등의 소음이 가득했는데, 지금은 그런 소음들이 모두 사라지고 한순간 정적이 흐르고 있었다.

'온다.'

뭔가 온다는 것인지는 모르겠지만, 순간 재식의 머릿속에

떠오른 단어는 그것뿐이었다.

그러면서 목 뒤를 비롯해 온몸의 피부에 소름이 돋고 차가운 식은땀이 흘렀다.

'으으……'

재식은 주변의 대기를 얼릴 것만 같은 냉기를 느끼면서 마치 근육경련이 일어나는 것 마냥 신체가 굳어졌다.

'아… 이래서 몬스터들의 움직임이 멈췄구나!'

재식은 그때서야 몬스터들이 왜 한순간에 움직임을 멈췄는지 깨달았다.

"이렇게 있으면 안 돼!"

굳어지는 몸을 느끼면서 재식은 이대로 있다가는 큰일이 날 것이란 생각에 억지로 힘을 끌어 올렸다.

그는 정신을 집중해 심장에 있는 마법진에 더욱 강하게 마력을 욱여넣었다.

그리고 뼛속에 있던 마력 또한 심장에 있는 마력진으로 집중시켰다.

그러자 심장에 있던 마법진이 평소 내뿜던 마력보다 20%쯤 더 많은 마력을 뿜어내기 시작했다.

이는 마치 자동차 엔진에 적정 이상의 연료를 쏟아부어 보다 큰 출력을 내는 것과 비슷했다.

물론 이렇게 오버차지를 하면 엔진 출력은 조금 더 올라가겠지만 엔진의 수명은 기하급수적으로 깎아먹게 된다.

하지만 꼭 필요할 때는 비록 엔진의 수명은 줄어들겠지만 이를 써야 할 때도 있는 법이다.

그리고 재식도 이와 비슷한 생각으로 마력을 심장에 있는 마법진에 집중시켜서 오버차지를 일으켰다.

이는 차원 게이트에서 발생한 파장으로 인해 신체가 굳어지는 것을 막고, 또 굳어진 신체를 활성화시키기 위한 조치였다.

"후우! 얍!"

심장은 안에 있던 마법진의 오버차지로 인해 10%정도 부풀어 올랐다.

그 때문에 터질 듯한 압박감으로 심장에서 통증이 일어나기도 했지만, 재식은 심호흡과 함께 짧게 기합을 지르며 이것을 이겨냈다.

그리고 그제야 온몸에 마력이 휘돌면서 굳어졌던 근육이 풀리고 평소대로 돌아갔다.

"하아! 하아!"

굳었던 근육이 마력의 활성화로 풀리고, 근육세포 하나하나에 마력이 깃들면서 마치 벌크 업을 한 것처럼 근육이 부풀어 올랐다.

꽈악!

마력으로 인해 온몸에 힘이 들어가자 재식은 주먹을 꽉 쥐어보았다.

조금 전까지만 해도 무조건 피해야 한다는 생각이 머릿속에 맴돌았지만, 이제는 온몸에 깃든 마력으로 인해 해볼 만하다는 느낌이 들었다.

하지만 그러한 생각은 잠시 뒤 벌어진 일로 인해 한순간에 사라졌다.

우우웅! 우우웅!

물레울유원지의 차원 게이트가 마치 거대한 생물체가 울부짖듯 묵직한 울림을 내뱉었다.

그러고는 어느 순간, 길게 울리던 울림이 짧게 반복적으로 울리더니 갑자기 폭발을 하듯 굉음을 일으켰다.

우웅! 우웅! 우웅!

쾅!

쉬이익!

커다란 폭발과 함께 대기를 가르는 듯한 바람소리가 재식의 귓가를 스쳐지나갔다.

우르릉!

너무도 강력한 폭발에 대기는 물론이고, 대지 또한 마치 지진이라도 난 것처럼 흔들렸다.

"헉!"

재식은 지금까지 단 한 번도 차원 게이트가 브레이크를 일으키는 것을 목격한 적이 없었다.

그런데 생애 최초로 겪는 게이트 브레이크가 그에게 강렬한 충격을 주고 있었다.

차원 게이트가 있던 지점에서는 게이트 브레이크가 발생하면서 마치 핵폭발이 일어난 것처럼 커다란 버섯구름이 피어오르고 있었다.

휘이잉!

폭발로 인해 공기가 폭심으로부터 사방으로 밀려났다가 다시 빈 공간으로 대기가 유입되면서 일어난 현상이었다.

다행이도 게이트 브레이크로 인한 폭발에서는 방사능이 검출되지 않았다.

그래서 열이나 방사능 낙진으로 인한 피해는 발생하지 않았지만, 차원 게이트가 있던 근처에 있던 몬스터들은 폭발의 충격으로 인해 신체가 알아볼 수 없을 정도로 찢겨나가 버렸다.

그런데 먼지에 가려 잘 보이지는 않지만 아직까지도 위자드 아이 마법을 취소하지 않은 재식의 눈에 이상한 현상이 보였다.

"왜 변형된 마력이 계속해서 차원 게이트가 있던 중심으로 몰려가고 있는 거지?"

재식은 지금 자신의 눈에 보이는 현상을 이해할 수 없었다.

차원 게이트가 게이트 브레이크를 일으키기 위해 주변에 있던 마력을 빨아들인다는 말은 들어 본 적이 있었다.

하지만 게이트 브레이크가 벌어진 다음에도 계속해서 마력을 흡수한다는 것은 한 번도 들어보지 못한 것이었다.

그 때문에 의문을 품지 않을 수 없었다.

"이번 몬스터 웨이브는 하나부터 열까지 제대로 된 것이 없어!"

재식은 최수진과 제5전대 대원들에게 자신을 구해준 고마움을 갚기 위해 실드 마법이 인첸트 된 팔찌를 전해주려고 헌터 협회에 들렸다가 억지로 이곳까지 오게 된 것이었다.

자신의 계획과는 다르게 억지로 끌려온 상황이라 탐탁지는 않았지만, 그래도 자율권이 주어졌기에 몬스터 웨이브를 막는 데 참여했다.

그리고 신나게 웨어울프나 트롤처럼 돈이 될 만한 몬스터를 잡기 시작했다.

하지만 몬스터 웨이브에서 다른 헌터와는 다르게 꿀을 빨던 것도 잠시, 몬스터들이 엉뚱한 곳으로 웨이브의 방향을 바꾸었다.

지금까지 보고된 몬스터 웨이브 중에 방향이 바뀌었다는 보고는 그 어디에도 없었다.

그와 비슷한 내용으로는 중국에서 출현했던 위험 등급 7등급 몬스터인 오크 로드의 경우뿐이었다.

그 당시 오크 로드는 자신 밑으로 십만이 넘는 부하들을 거느린 채 청해성과 사천성 인근에 나타났었다.

오크 군단의 움직임은 예측이 무척이나 힘들었었다.

왜냐하면, 오크 군단의 움직임은 단순한 몬스터 무리의

몬스터 웨이브와는 성격이 달랐기 때문이었다.

오크 군단은 철저히 오크 로드의 지휘 아래 뭉친 군단이었던 반면, 몬스터 웨이브는 여러 종의 몬스터들이 원래 살던 사냥터를 벗어나 이동하는 것이다.

즉, 지휘를 하는 몬스터가 있느냐 없느냐에 따라 움직임이 유기적이냐, 아니면 단순하냐가 판가름 나는 것이다.

하지만 그런 법칙이 이번 몬스터 웨이브에서 깨져 버렸다.

다양한 종이 모인 몬스터 무리가 알 수 없는 원인에 의해 진행 방향을 바꾸었다.

이 때문에 재식은 사냥을 중단하고 최수연과 통화를 했다.

최수연도 이변임을 깨닫고 재식에게 연락을 해서 몬스터들이 이동하는 이유를 알아보라는 부탁을 했었다.

마침 갑자기 끊긴 몬스터 웨이브로 인해 사냥할 몬스터가 없던 재식은 몬스터 웨이브가 방향을 바꾼 원인을 파악해달라는 최수연의 부탁을 긍정적으로 받아들여 몬스터들이 몰려간 B섹터로 움직였다.

그리고 몬스터의 뒤를 쫓던 재식은 몬스터 웨이브의 방향이 바뀐 원인을 어느 정도 깨닫게 되었다.

몬스터 웨이브의 방향이 바뀐 원인은 바로 B섹터를 맡은 화랑 길드와 인피니티 길드 두 헌터 길드가 무슨 이유에서인지 계획된 작전대로 움직이지 않고 임의로 몬스터 저지선을 뒤로 물렸기 때문이었다.

그 때문에 중간에 고립된 군인들이 희생되었고, 순간적으로 공간이 생긴 지역에 몬스터들이 몰려든 것이었다.

원래 주요 전장으로 생각했던 A섹터로 몰려갔어야 할 몬스터들은 진행을 방해하는 헌터들로 인해 정체현상을 일으키다 비교적 한가한 B섹터로 방향을 바꾸었다.

사람들도 고속도로를 달리다 정체가 일어나면 보다 수월하게 통행이 되는 길로 노선을 변경하는 것처럼, 몬스터도 본능적으로 움직임이 정체되는 곳보다는 이동이 편한 B섹터로 방향을 바꾼 것이었다.

그러다 보니 정작 전력을 집중한 A섹터나 C섹터의 경우에는 보다 안정적으로 몬스터들을 막아낼 수 있었던 반면, B섹터의 경우에는 변심한 헌터들로 인해 헌터들과 보조를 함께했던 군인들이 몬스터에 의해 희생된 것이다.

그리고 차원 게이트의 이상을 보면서 재식은 화랑과 인피니티 길드에 소속된 헌터들이 무엇 때문에 원래 작전과는 다르게 움직였는지 정확히 알게 되었다.

그것은 바로, 차원 게이트를 강제로 브레이크 상태로 만들어 몬스터 웨이브로 인한 강제 동원령 때문에 발생한 수익 하락을 만회하려던 것이었다.

즉, 자신들의 손해를 만회하기 위해 다른 사람의 생명을 도외시한 비윤리적인 행위였다.

이는 헌터 범죄자인 빌런들이나 사용하는 악질적인 방법

이 아닐 수 없었다.

재식은 설마 화랑 길드까지 이런 방식으로 차원 게이트를 처리할 줄은 몰랐다.

인피니티 길드야 이와 비슷한 소문이 있기는 했지만, 누가 감히 대놓고 길드 랭킹 상위의 대형 길드의 행사를 공개적으로 비판할 수 있겠는가. 그래서 공개적으로는 말을 못하고 암암리에 소문만 돌 뿐이었다.

하지만 재식은 직접 자신의 눈으로 그 현장을 보게 되었고, 게다가 국내 1위 길드인 화랑도 똑같은 행동을 하고 있는 것을 목도했다.

이에 재식은 자신을 이곳에 보낸 최수연에게 현재 상황을 알리고, 또 차원 게이트가 브레이크를 일으킨 것도 알리기로 했다.

"최수연 전대장님, 나오십시오."

[그래, 정재식. 도대체 거기서 무슨 일이 벌어진 거야!]

조금 전에 게이트가 폭발한 것을 A섹터에 있던 최수연도 느꼈던 것인지, 그녀가 통신을 통해 다급하게 질문을 해왔다.

어차피 그것도 보고를 하려고 했던 것이었던지라 재식은 얼른 대답했다.

"활성화가 되려면 아직도 5일이나 남아 있던 물레울유원지 게이트가 방금 전에 브레이크를 일으켰습니다."

[뭐? 그게 무슨 소리야? 5일이나 남은 게이트가 브레이

크를 일으키다니?]

"저도 거리가 좀 멀어서 정확한 원인을 알 수는 없지만, 몬스터들이 차원 게이트 인근에서 헌터들과 전투를 벌였던 것과 연관이 있는 것 같습니다."

게이트 브레이크가 발생하기 전에 마력이 게이트 내부로 흘러들어가던 모습을 떠올리며, 재식은 게이트 브레이크가 갑작스럽게 발생한 원인을 자신의 예상을 토대로 보고했다.

그런 재식의 보고에 최수연에게서는 한동안 말이 없었다.

한편, 최수연은 재식의 보고에 깜짝 놀랄 수밖에 없었다.

방금 전에 사무장인 최무식으로부터 비슷한 이야기를 들었기 때문이었다.

그에게서 들었던 말은, 다량의 마정석을 차원 게이트 주변에 놓으면 마정석에 담긴 에너지가 차원 게이트로 빨려들어가 활성화, 즉 브레이크 타임이 빨라진다는 것이었다.

다만, 최무식은 이야기를 하면서도 아직 확인되지는 않았다는 언급을 했고, 몇몇 대형 길드에서 그런 방법으로 차원 게이트에 강제로 브레이크를 일으킨 후 던전화 된 게이트를 클리어 하는 형식으로 돈을 벌고 있다는 소문이 있음을 첨언했다.

최수연은 그런 이야기를 들을 당시만 해도 그게 뭐 나쁠게 있나 하는 생각을 했다.

어차피 일어날 게이트 브레이크라면 철저한 준비를 한 상태에서 브레이크를 맞는 것이 더 좋을 것이라는 생각도 들었다.

그런데 재식의 무전을 듣고 나서부터는 그러한 생각이 바뀔 수밖에 없었다.

누군가 임의로 보고도 없이 작전을 변경하고 상황을 변화시켰다면, 그로 인해 분명 누군가는 큰 피해를 입을 공산이 컸다.

그리고 그건 자신들 몰래 작전을 변경한 화랑이나 인피니티 길드의 헌터들보다는 이들과 함께 합동작전을 펼치던 군인들이 될 가능성이 높았다.

이런 생각을 하던 중에 최수연은 재식과 1차 통신을 할 때 군인들이 희생되었다는 보고를 받았던 것을 떠올렸다.

당시에는 몬스터 웨이브를 막는 도중에 발생한 희생으로만 생각했다.

하지만 지금 들은 보고와 함께 상황을 유추해보면, 그들이 희생된 것은 정상적인 작전에 의해 불가피한 상황에서 일어난 희생이 아니라 누군가 이들이 희생될 수밖에 없도록 상황을 연출했음을 깨달을 수 있었다.

6. 어스 드레이크

천지사방을 뒤덮었던 흙먼지가 가라앉고 차원 게이트가 있던 자리가 보이기 시작했다.

먼지가 걷히면서 흙먼지 뒤로 흐릿하게 보이던 실루엣의 정체가 드러났다.

크와아악!

대기를 울리는 커다란 포효는 몬스터는 물론이고, 고위 헌터들까지 부들부들 떨게 만들었다.

"으윽!"

"크흑! 저게 뭐야!"

그것은 지금까지 한 번도 본 적이 없는, 아주 커다란 덩치의 괴물이었다.

언뜻 보기에는 고대에 살았던 공룡을 닮아있기도 하고, 또 언뜻 보면 악어를 아주 크게 뻥튀기를 해놓은 듯한 모습이었다.

하지만 커다란 악어라고 하기에는 덩치가 너무너무 커서 바다 악어보다도 서너 배정도는 더 커보였다.

보통 다 자란 바다 악어는 그 길이가 무려 5m~7m나 되는데, 지금 보고 있는 몬스터의 길이는 20m는 되어 보였다.

다만, 바다 악어와 다른 점은, 지금 보고 있는 몬스터는 네 개의 다리가 직각으로 곧게 뻗어 있다는 것이었다.

그것으로 볼 때, 눈앞에 있는 몬스터는 악어처럼 앞다리와 뒷다리를 휘적휘적 밖에서 안으로 돌리며 이동을 하는 것이 아니라 사자나 늑대처럼 앞뒤로 빠르게 이동을 할 수 있는 것 같았다.

"꿀꺽!"

게이트 브레이크에서 살아남은 헌터들은 게이트에서 튀어나온 몬스터를 보고 자신도 모르게 마른침을 삼켰다.

"저게 겨우 위험 등급이 5등급짜리라고?"

안기준은 눈앞에 보이는 거대한 몬스터를 보면서 작게 중얼거렸다.

그가 보기에는 게이트 브레이크로 인해 출현한 몬스터는

결코 위험 등급이 5등급으로는 보이지 않았다.

그는 헌터 등급 6등급으로서, 화랑 길드에서 무려 공대장을 맡고 있는 사람이었다.

위험 등급 5등급 몬스터라면 힘들기는 하지만 그도 충분히 싸워볼 만한 상대였다.

실제로 공대원들과 함께 5등급 보스 몬스터를 어렵게나마 레이드를 한 경험도 있었다.

물론 상성이 조금 좋지 못해 시간이 오래 걸리기는 했지만, 5등급 보스 몬스터를 잡았다는 것이 무엇보다 중요했다.

그런데 지금 눈앞에 보이는 몬스터의 경우에는, 그때 잡았던 5등급 보스 몬스터와 비교를 한다면 무려 어른과 유치원생만큼이나 보는 것만으로도 느껴지는 위압감이 달랐다.

더욱이 덩치도 그때 잡았던 보스 몬스터보다 두 배는 더 커보였다.

당시에 잡았던 보스 몬스터도 위험 등급 5등급의 보스치고는 큰 편이라는 말이 있었다.

하지만 지금 앞에 있는 몬스터와 비교하면 어린 새끼 수준에도 미치지 못했다.

"아니야! 이건 절대로 5등급일 리가 없어!"

안기준은 비명을 지르듯 소리쳤다.

그런 안기준의 모습을 지켜보는 시선이 있었다.

그것은 바로 인피니티 길드의 공대장이자 안기준과 함께

강제로 게이트 브레이크를 일으킨 장본인인 홍준영이었다.

그는 게이트에서 나온 거대 몬스터를 보고 정신이 나가버린 안기준을 속이고 군인들과 화랑 길드의 헌터들까지 희생시켜가며 게이트 브레이크를 일으킨 장본인이었다.

사실 홍준영은 안기준에게 차원 게이트를 강제로 브레이크에 이르게 하는 방법을 알려주면서 몇 가지 속인 것이 있었다.

그것이 무엇이냐 하면…….

안기준에게 알려준 것처럼 게이트 브레이크를 일으키는 데 마정석이 다량 필요하다는 것은 맞는 말이었다.

그런데 게이트 브레이크를 일으키는 적정 에너지 이상으로 마력을 주입하면, 게이트 브레이크로 인해 등장하게 되는 몬스터의 등급이 올라간다는 것은 알려주지 않았었다.

헌터 협회에서 물레울유원지에 있는 차원 게이트가 5등급 게이트라고 했으니, 몬스터만 희생시키면 브레이크가 일어난 후 출현하는 몬스터는 위험 등급 5등급의 몬스터가 될 터였다.

하지만 몬스터뿐만 아니라 화랑 길드에 속한 헌터들까지 차원 게이트에 던져준다면 어떻게 될까? 홍준영은 그것이 궁금했었다.

듣기로는 적정 에너지 이상의 마정석을 차원 게이트에 쏟아부으면, 차원 게이트 안에 있는 몬스터가 그 에너지를 먹고 보다 등급이 높은 상태로 변할 수도 있었다.

물론 그 모든 것은 가정일 뿐, 누가 그런 실험을 했다는 이야기는 듣지 못했다.

그런데 평소 욕심이 많았던 홍준영은 언젠가는 그런 실험을 해보고 싶었다.

그러던 중에 강제 동원령으로 몬스터를 방어하러 온 곳에서 화랑 길드의 안기준 공대장을 만난 것이었다.

평소에도 자기 잘난 맛에 취해 화랑 길드가 아닌 다른 길드의 헌터들을 대놓고 무시하던 안기준에게 감정이 있었던 홍준영은 마침 인근에 5등급 차원 게이트가 있다는 것을 기억해내고는 안기준을 끌어들였다.

솔직히 5등급 몬스터만 나와도 강제 동원령으로 손해를 본 비용정도는 조금이나마 만회할 수가 있었다.

하지만 이를 반으로 나눈다면 5등급 몬스터를 잡아도 손해였다.

그래서 안기준과 화랑 길드의 헌터도 포함해서 제물로 받칠 생각을 했는데, 이를 통해 차원 게이트에 이상이 생겨 6등급 몬스터가 나오면 좋은 것이고, 아니더라도 5등급 보스 몬스터를 자신들 인피니티 길드 혼자 독차지할 수 있으니 그것 또한 그것대로 좋을 일이었다.

더욱이 자신들 혼자 살아남게 되더라도 군인들의 희생에 대한 일은 화랑 길드에 덮어씌울 수도 있으니, 그것만큼 좋은 일이 없었다.

그런데 진인사대천명이라고 했던가.

물론 계획은 아주 훌륭했다. 다만, 자신들이 뒤로 물러남으로서 다른 지역으로 갔어야 할 몬스터들까지 이쪽으로 몰려들 줄은 홍준영으로서도 예상하지 못한 일이었다.

만약 그러한 것을 예상했다면, 굳이 몬스터들을 끌어들이기 위해 뒤로 물러서지는 않았을 것이다.

그냥 몬스터 웨이브를 막아내고 그 공을 들어 헌터 협회에 물레울유원지에 있는 5등급 차원 게이트의 개발권을 요구하고 말지, 굳이 위험한 몬스터 웨이브를 끌어들일 생각은 하지 않았겠지만 후회는 아무리 빨라도 늦는 법이다.

예상 범위 이상으로 몬스터가 몰려드는 바람에 헌터들은 많이 지쳤고, 피해를 입었다.

설상가상으로 예상보다 강력한 게이트 브레이크로 인해 전력의 절반 이상이 날아가 버렸다.

지금 이 자리에서 제대로 운신을 할 수 있는 헌터는 채 20명도 되지 않았다.

그 숫자로는 5등급 보스 몬스터가 나와도 잡을 수가 없을 터였다.

자신과 안기준 공대장이 아무리 6등급 헌터라 해도, 일반 몬스터와 보스 몬스터는 그만큼 체력이나 전투력의 차이가 극명했다.

그러니 자신들도 주변에 굳어 있는 몬스터들처럼 눈앞에 있는 보스 몬스터가 그냥 지나치기를 기도하는 수밖에는 다른 방도가 없었다.

홍준영은 언뜻 봐도 최소 6등급은 되어 보이는 몬스터를 바라보면서 아무 것도 할 수 없는 무력감을 여실히 느끼고 있었다.

쿵!

그때, 가만히 제자리에서 허공에 대고 포효를 터뜨리던 몬스터가 움직이기 시작했다.

겨우 한 걸음 떼었을 뿐인데, 마치 지진이라도 난 것처럼 땅이 울렸다.

*　　　*　　　*

흙먼지가 가라앉고 흐릿하게 보이던 그림자의 실체가 드러났다.

흑갈색을 띤 도마뱀을 연상시키는 듯한 비주얼. 하지만 머리에서부터 꼬리까지 뒤덮인 비늘은 게이트 브레이크로 인해 등장한 몬스터가 단순하게 거대한 도마뱀이 아니라는 것을 알려주고 있었다.

"드레이크!"

재식은 자신도 모르게 차원 게이트에서 나온 몬스터를 보며 중얼거렸다.

"드레이크라니… 어떻게?"

재식이 듣기로는 저곳 물레울유원지에 있던 차원 게이트는 5등급 게이트였다.

하지만 재식이 챠콥의 기억에서 떠올린 드레이크의 위험 등급은 최소 7등급에서 다 자란 성체의 경우에는 8등급에 이르는 몬스터였다.

너무 멀리 떨어져 있어서 정확한 크기는 알 수가 없었지만, 다 자란 성채 드레이크로는 보이지 않았다.

"아무리 커봐야 20m 조금 넘어도 30m는 되지 않을 것 같은데……."

위저드 아이 마법이 참으로 좋은 마법이기는 해도 이런 점은 조금 아쉬웠다.

만약 먼 거리를 볼 수 있는 이글 아이 마법이었다면 보다 정확한 정보를 얻을 수 있었겠지만, 지금 재식이 사용할 수 있는 마법은 위저드 아이 마법뿐이었다.

위저드 아이와 이글 아이 두 마법은 서로 비슷하지만 장단점이 있었다.

이글 아이 마법은 그 이름에서도 알 수 있듯이 먼 거리에 있는 무언가를 살필 때 유용한 마법이었다.

그에 반해 위저드 아이 마법은 먼 거리를 볼 수는 있지만 이글 아이보다 볼 수 있는 거리가 짧았다.

물론 위저드 아이 마법이 이글 아이보다 질이 떨어지는 마법이냐 하면 그렇지는 않았다.

그 쓰임이 조금 다른 마법으로서, 위저드 아이는 먼 거리를 살피기보다는 주변에 무언가 숨겨진 것은 없는지, 혹은 함정이나 보이지 않게 은신하고 있는 적이나 몬스터를 찾는 데 유용한 마법이었다.

다만, 현재 재식이 가진 마법 중에 먼 거리를 볼 수 있는 마법으로는 위저드 아이가 유일했기에 이를 시전한 것이었다.

그리고 이정도만 되어도 충분했기에 재식은 비슷한 계열이면서 보다 멀리 볼 수 있는 이글 아이 마법의 필요성을 느끼지 못하고 있었다.

만약 그런 것이 필요하다면 굳이 이글 아이 마법보다는 현대의 광학기술이 가미된 망원경을 사용하는 것이 더 나았다.

아까운 마력을 굳이 단순히 먼 거리에 있는 무언가를 보기 위해 쓰기에는 아깝다는 생각을 했기 때문이었다.

다만, 위저드 아이와 같은 특수한 기능이 있는 장비는 대단히 고가이고, 또 크기도 커서 대체가 가능한 마법이 있는데 굳이 불편하게 장비를 챙길 이유는 없었다.

헌터는 무언가를 관측하는 존재가 아니라 몬스터와 싸우는 존재다.

그러니 될 수 있으면 활동하기 편한 상태를 유지하는 것이 좋았다.

그런고로 재식은 현 상태에서 불편하지 않을 정도의 장비와 마법을 적절히 섞어 사용하고 있었다.

"후우… 버겁기는 하겠지만 지원만 제대로 받는다면 해볼 만할 것도 같은데……."

차원 게이트에서 나온 몬스터가 위험 등급이 최소 7등급의 드레이크라는 것을 알면서도 재식은 안기준이나 홍준영처럼 포기하지 않았다.

아니 오히려 오버차지로 커진 심장 때문인지 아니면 심장에 새겨진 마법진에 들어간 오크 전사의 마정석 때문인지, 두려움보다는 호승심이 앞섰다.

같은 6등급 헌터지만 이렇게 재식과 홍준영, 안기준은 다른 반응을 보이고 있었다.

"일단 여기 상황을 다시 한번 알려주고 빠른 지원을 부탁해봐야겠다."

아무리 오크 전사의 마정석으로 인한 강력한 힘과 5클래스 마법능력까지 가지고 있다 할지라도, 혼자서는 자신보다 등급이 높은 드레이크를, 정확하게는 어스 드레이크를 상대할 수는 없었다.

다만, 재식이 자신보다 등급이 높은 어스 드레이크를 보면서도 겁을 먹지 않은 것은 다름이 아니라 어스 드레이크의 크기 때문이었다.

드레이크는 최소 7등급이니 원칙대로라면 6등급 헌터인

재식은 7등급인 어스 드레이크에게 대미지를 줄 수 없었다.

헌터의 등급은 같은 등급의 몬스터에게 최소 대미지를 주는 것이 기준이기 때문에 보다 한 등급 높은 7등급 몬스터에게는 대미지를 줄 수 없다.

즉, 게임으로 치면 6등급인 재식이 7등급 몬스터인 드레이크를 공격했을 때, 공격을 받은 드레이크의 몸에서 'Miss(실수)' 내지는 'Prevent(막다)'란 단어가 뜨는 것과 같은 경우라 할 수 있었다.

하지만 재식은 앞에 보이는 드레이크가 분명 자신보다 등급이 높은 몬스터임에도 불구하고 충분히 대미지를 줄 수 있다는 느낌을 받았고, 그것이 가능할 것이라는 확신이 들었다.

그렇기에 최수연에게 상황을 설명하고 지원요청을 하려고 하는 것이었다.

"여보세요. 수연 누나!"

재식은 A섹터에서 자신의 소식을 기다리고 있을 최수연을 불렀다.

＊　　　＊　　　＊

"그래, 재식아. 너는 좀 어때?"

조금 전에 커다란 폭발음과 함께 대기의 울림을 들은 최수연은 재식의 무전이 날아오기 무섭게 그의 안부부터 물었다.

[전 무사해요. 다만, 몬스터 웨이브를 막고 있던 화랑 길드와 인피니티 길드의 헌터들은 절반 이상이 죽거나 다쳐서 전투력을 상실했어요. 그리고…….]

재식이 현장 상황을 설명하자 이를 듣고 있던 사람들의 표정은 무척이나 복잡해졌다.

비록 작전계획과는 다르게 움직이기는 했지만 어찌 되었든 그들도 헌터로서 몬스터와 싸우는 존재들이었다.

그런데 그들 대부분이 죽거나 부상으로 더 이상 몬스터와 전투를 계속할 수 없다는 이야기를 들었으니, 마음이 마냥 편하지만은 않았다.

"그런데 게이트 브레이크가 일어났다면 그 안에서 분명 무엇인가 나왔을 텐데, 어떤 것이 나온 거야?"

최수연은 화랑 길드의 안기준 공대장과 인피니티 길드의 홍준영 공대장이 모의해 강제로 차원 게이트에 브레이크를 만들었으니 몬스터 웨이브는 물론이고, 그 안에서 나온 몬스터도 처리해야만 했다.

그랬기에 재식에게 브레이크가 일어난 차원 게이트에서 나온 몬스터의 정체를 물은 것이었다.

[게이트 안에서 나온 몬스터의 정체는 어스 드레이크예요.]

"어스 드레이크? 처음 들어보는 이름인데, 그런 몬스터도 있었던 거야?"

지금까지 한 번도 알려지지 않은 몬스터의 이름에 최수진은 의아한 표정을 지으며 물었다.

그런 수연의 물음에 재식은 자세히 설명을 해주었다.

[어스 드레이크는 드래곤의 아종인 드레이크의 일종으로, 이름에서도 알 수 있듯 대지 속성을 가지고 있어요. 다행이라면 이번에 나온 어스 드레이크는 성체가 아니라 아직 어린 개체라는 점이에요.]

드레이크에 대한 재식의 설명을 들은 사람들은 모두 깜짝 놀랐다.

게이트에서 나온 몬스터가 20m가 넘는 커다란 몬스터이며, 판타지 소설의 끝판 왕이라 할 수 있는 용, 드래곤의 아종으로서 지구의 몬스터 분류 등급으로는 위험 등급이 물경 7등급 이상이라는 점 때문이었다.

단순히 위험 등급 7등급이 아닌 최소 7등급이고, 강한 놈은 8등급도 있다는 말에 최수연을 비롯해 모든 사람들은 경악을 금치 못했다.

지금까지 알려진 몬스터 중에 이 드레이크보다 위험 등급이 높은 몬스터로는, 작년에 성신 길드의 길드장인 백강현에게 잡힌 일본의 야마타노 오로치뿐이었다.

그런데 이 야마타노 오로치는 백강현 혼자 잡은 것이 아니고, 성신 길드의 최정예들은 물론이고, 길드가 총출동한 것이나 마찬가지일 정도로 최고의 전력이 투입되어 장시간의 전투 끝에 레이드에 성공한 것이었다.

그런 야마타노 오로치에 비견될 몬스터가 대한민국에 나타난 것이었다.

일본은 이 야마타노 오로치로 인해 경제가 무너질 정도의 피해를 입었다.

그 때문에 위험 등급 7등급 몬스터를 잡았던 경력이 있는 헌터 길드를 보유한 국가들에게 국운을 걸고 애원을 했다.

하지만 국가의 안녕을 위한다는 이유로 각국은 헌터의 국외 파견을 허락하지 않았다.

다만, 한국의 경우에는 정부보다는 헌터 길드, 아니 그 뒤에 있는 재벌들의 입김이 강하게 작용해 성신 길드가 야마타노 오로치 레이드를 위해 움직인 것이었다.

그리고 야마타노 오로치 레이드를 성공리에 끝마친 성신 길드에 대한 일본 정부의 유혹은 그 수준이 엄청났다.

대격변 이후 헌터는 그 나라의 핵심 전력이 되었다.

그 때문에 타국의 헌터 길드가 자국 내에서 활동하는 것이나, 자국의 헌터가 외국의 헌터 길드에 가입하는 것을 철저히 막았다.

그런데 일본은 야마타노 오로치를 퇴치한 성신 길드에 자국 헌터 길드 이상의 혜택을 주며 국적을 바꿀 것을 종용했다.

물론 성신 길드의 길드장인 백강현은 그러한 일본 정부의 요청을 단박에 거절했지만, 일본 정부의 혜택은 거두어지지 않았다.

야마타노 오로치의 레이드 말미에 백강현과 야마타노 오로치가 대화를 하는 듯한 장면이 방송으로 송출되었다.

그리고 그 내용이 나중에 알려지기를, 야마타노 오로치가 죽기 전에 백강현에게 자신보다 더 강한 몬스터들이 지구상에 나타날 것이라고 했다는 것이었다.

그런 이야기까지 들었으니 일본 정부로서는 더더욱 성신 길드와 백강현을 붙잡기 위해 백방으로 노력할 수밖에 없었다.

겨우 야마타노 오로치 하나 때문에 국가 경제의 1/3이 마비가 된 일본이었다.

그런데 그보다 더 강한 몬스터가 나타난다면 어떻게 될 것인가? 1/2? 아니면 전멸? 정확히 알 수는 없지만 엄청난 피해를 입을 것은 불을 보듯 뻔했다.

그 때문에 일본 정부는 귀화를 하라는 제안을 거절한 성신 길드와 백강현에게 더욱더 혜택을 추가하며 지금도 유혹하는 중이었다.

이렇듯 일본은 경제가 휘청할 정도로 피해를 입었었다.

그런데 이런 야마타노 오로치에 비견될 만한 위험 등급을 가진 몬스터가 대한민국에 나타났으니 비상이 걸린 것이다.

한 번도 아니고 벌써 두 번째인 위험 등급 7등급 몬스터의 출현이었다.

"언니, 이거 협회에 알려서 단장님을 여기로 불러와야 하는 것 아니에요?"

이하윤은 재식의 말을 듣고 자신들로서는 감당이 되지 않는다는 생각에 팀 유니콘의 전단장인 뇌신 김현성의 이름을 언급했다.

"하지만 전단장님은 지금 요양 중이신데……."

뇌신 김현성이 현재 어떤 상태인지 잘 알고 있던 신초롱이 불안한 눈빛으로 말을 했다.

"그렇지만 전단장님도 없이 어떻게 위험 등급 7등급 몬스터를 잡아?"

이하윤은 자신의 말을 반박하는 신초롱의 말에 그렇게 물었다.

아무리 팀 유니콘이 헌터 협회의 특무대로서 전원이 각성 헌터로 이루어진 엄청난 위력을 가진 조직이라 해도, 위험 등급 7등급 몬스터는 그런 것을 떠나 한 마디로 재해 그 자체였다.

*　　　*　　　*

자신을 이곳으로 보낸 최수연에게 지금까지의 상황을 보고한 재식은 최대한 휴식을 취했다.

앞으로 있을 어스 드레이크와의 싸움을 위해 몬스터 웨이브를 막던 당시에 소비한 체력과 마력을 충전하기 위해서는 충분히 쉬어줘야 했기 때문이었다.

그 때문에 어스 드레이크가 토해낸 포효로 인해 굳어졌던 신체를 풀어내기 위해서 심장의 마법진을 과도하게 운용하던 것도 풀고 내부의 마력을 안정시키기 위해 잠시 명상을 했다.

굳어진 근육과 세포를 풀기 위해서 오버차지를 한 것 때문에 심장에서 느껴지는 통증은 한동안 어쩔 수 없이 감내해야만 할 문제였다.

그나마 이정도로 그친 것이 다행이라면 다행일 것이었다.

만약 저 앞에 있던 화랑과 인피니티 길드의 헌터들과 같이 근접한 곳에서 어스 드레이크의 포효를 직격으로 맞았다면 이렇게 마법진의 오버차지만으로는 쉽게 굳어진 신체를 풀지 못했을 것이 분명했다.

아니, 굳어진 신체를 풀기도 전에 아마도 어스 드레이크의 먹잇감으로 변했을 것이다.

크아앙!

저 멀리서 아직도 어스 드레이크의 포효에 무방비로 노출된 헌터나 몬스터들이 어스 드레이크의 공격을 피하지 못하고 속수무책으로 먹히고 있는 것이 재식의 눈에 보였다.

현재 어스 드레이크는 뭐가 그리도 기분이 나쁜 것인지

신경질적인 하울링을 하면서 헌터나 몬스터 상관없이 잡아먹고 있었다.

일이 어찌 되었든 몬스터인 어스 드레이크에게 먹히고 있는 헌터들의 모습을 보게 되자 재식은 기분이 그리 좋지 못했다.

어스 드레이크에게 먹히고 있는 화랑 길드와 인피니티 길드의 헌터들이 무슨 짓을 했는지도 알고 있고, 어떻게 보면 천벌을 받은 것이라 할 수도 있었지만, 재식도 사람인지라 인지상정의 감정이 없을 수가 없었다.

그렇다고 그들을 구하겠다면서 어스 드레이크에게 무턱대고 달려들 정도로 재식은 무모하지 않았다.

자신은 해야 할 일이 있었기 때문에, 자신보다 등급도 높은 어스 드레이크임을 알고 있으면서도 그저 해볼만 하다는 느낌 때문에 어스 드레이크에게 달려들 수는 없었다.

그것은 바로 이곳에서 몬스터 웨이브를 막고 무사히 부모님의 곁으로 돌아가겠다고 했던 부모님과의 약속을 지키는 것이었다.

몬스터가 횡행하는 시대에 평범한 일반인인 부모님을 두고 타인을 구하기 위해, 그것도 자신들의 이득을 위해 다른 사람과의 약속도 지키지 않은 채 오히려 그 사람을 미끼로 사용했던 사람들을 구할 의리 따위는 없었다.

'어차피 이 일은 저들이 작전도 무시한 채 자신들의 이득만을 위해 꼼수를 부리다 당한 것이다.'

어스 드레이크가 몬스터와 헌터들을 잡아먹는 모습을 보면서도 어쩔 수 없이 이를 지켜봐야 하는 재식은 그렇게 자신의 행동을 정당화했다.

어차피 자신이 저 현장에 뛰어든다 해도 지금으로서는 저들을 구할 수 있다는 생각도 들지 않았기에 그렇게라도 자위를 하는 중이었다.

*   *   *

"절대로 무모한 행동하지 말고 그 자리에서 우리가 갈 때까지 숨어 있어! 알았지."

재식의 무전을 듣고 B섹터의 상황을 알게 된 최수연은 재식이 무모하게 헌터들을 구하겠다고 어스 드레이크가 있는 곳으로 뛰어들까봐 걱정이 되어 신신당부를 했다.

그리고 재식과 무전을 끝낸 수연은 시선을 들어 최무식 사무장을 돌아보았다.

"협회에 데프콘 1을 통보하세요."

데프콘은 원래 군사용어로서 디펜스 레디니스 컨디션 (Defense Readiness Condition)의 줄임말인데, 이를 우리말로 번역하면 전투준비태세라고 할 수 있다.

전투준비태세는 총 5단계로 구분을 하는데, 숫자가 낮을수록 전쟁발발 위험이 높아진다.

그런데 대격변 이후로는 주적이라 할 수 있는 북한이 몬스터에 의해 사라지면서 이 단어를 쓸 이유가 없었다.

하지만 주적인 북한은 사라졌지만 북한 못지않은, 아니 어쩌면 그보다 더 무시무시한 적인 몬스터가 나타나면서 이 데프콘이란 군사용어는 현대에도 사용하게 되었다.

그리고 방금 전에 최수연이 말한 데프콘 1이 어느 정도냐 하면, 몬스터 웨이브를 막기 위해 발령된 것이 데프콘 3이었다.

대규모의 몬스터와 전투를 벌이는 것으로 인해 도시나 한 지역이 초토화될 수도 있을 정도의 위기일 때 데프콘 3가 발령되면, 이를 막기 위해서 주변에서 활동하고 있는 헌터들을 강제로 동원할 수 있었다.

그런데 데프콘 1은 국가전복 내지는 대규모 몬스터 웨이브, 예를 들면 중국에서 벌어졌던 오크 로드와 오크 군단 정도의 대규모 몬스터 웨이브일 때 발령이 된다.

대한민국에서는 지금까지 딱 한 번 데프콘 1이 발령되었었다.

그때가 언제냐면, 10여 년 전에 수도 서울 한복판에 위험 등급 7등급의 거미여왕이 나타났을 때였다.

당시는 헌터들의 등급이 겨우 6등급이 최고 등급이었던 때로, 대한민국 최고의 헌터인 무신이나 뇌신도 한반도에 없을 때였다.

그 때문에 엄청난 숫자의 헌터들이 거미여왕을 막기 위해 동원되었고, 수많은 고위 헌터들이 희생되었다.

당시에 거미여왕을 잡을 수 있었던 것은 정말이지 기적과도 같은 일이었다.

성신 길드의 길드장인 백강현이 S급 헌터로 각성을 하지 않았다면, 그날 대한민국은 수도를 다른 지역으로 이전해야 했을 것이다.

그런데 그 거미여왕과 같은 위험 등급 7등급의 몬스터가 또다시 대한민국에 나타난 것이었다.

그나마 거미여왕과는 다르게 도심 한복판이 아니라 인적이 끊긴 몬스터 필드라는 것이 다행이라 할 수 있었다.

"데프콘 1을 발령한다 해도, 여기까지 오려면 시간이 많이 걸릴 텐데……."

최무식은 데프콘 1을 통보하라는 최수연의 말에 인상을 찡그리며 대답했다.

"어차피 7등급 몬스터라면 6등급 헌터가 아니면 도움도 되지 않으니, 6등급 이상의 헌터만 헬리콥터에 태워 오면 되잖아요."

수연은 최무식 사무장이 무엇을 말하고 싶은지 깨닫고는 자신의 생각을 이야기했다.

굳이 도움도 되지 않고 지휘하는 데 거치적거리기만 하는 6등급 미만의 헌터까지 동원할 생각은 그녀도 없었다.

원칙대로라면 대한민국에 소속된 헌터 모두를 동원해야만 하지만, 그건 그저 그만큼 나라가 위급하다는 뜻으로 만든 문구이지 정말로 등록된 헌터를 모두 동원하는 것은 아니었다.

물론 예외적으로 위험 등급이 높은 보스 몬스터가 없는 몬스터 웨이브라면 입장이 달랐다.

그런 몬스터 웨이브라면 소수정예가 아닌 레벨이 낮은 헌터도 숫자가 많으면 이를 막는 데 도움이 되었다.

하지만 지금은 그런 상황이 아니었기에 소수정예를 꾸려 레이드를 해야 하는 것이다.

"그리고 적어도 유니콘의 1개 전대는 꼭 필요합니다."

수연은 잠시 생각을 하다가 사무장인 최무식에게 그렇게 말했다.

아무리 생각해봐도 헌터 길드에 6등급 이상의 헌터만 차출해서 보내라고 하면 헌터 길드에서 적극적으로 협조할 것 같지가 않았다.

이번 몬스터 웨이브를 막기 위해 동원령을 내렸음에도 불구하고 화랑 길드와 인피니티 길드에서 작전과는 다른 움직임을 보인 것만 봐도 알 수 있듯, 대형 헌터 길드는 벌써부터 헌터 협회의 통제에서 벗어나 있었다.

겉으로야 헌터 협회의 규정을 지키고 있기는 하지만, 편법을 동원해 이윤을 추구하는 데 거리낌이 없었다.

이러한 경향은 헌터 협회의 실질적인 힘이라 할 수 있는 뇌신 김현성과 대한민국 헌터 랭킹 1위를 논할 때 가장 먼저 말해지는 무신 이용진이 자취를 감춘 뒤로 더욱 심해졌다.

그러니 수연은 데프콘 1이 발령되어 강제 동원령이 내려져도 어차피 헌터 길드에서는 시간을 끌 것이라 판단했다.

하지만 시간은 우리 편이 아니었다.

자칫 지체를 했다가는 몬스터 웨이브를 막기 위해 동원된 헌터와 군인들이 모두 어스 드레이크에 의해 희생될지도 몰랐다.

그렇기에 헌터 협회 직할 특무대인 팀 유니콘의 다른 전대를 호출한 것이었다.

물론 규정상 수도 서울을 지킬 전대 하나는 남겨둬야 하니, 한두 개의 전대만 보낼 것이 분명했다.

현재 팀 유니콘의 전대 5개 중 제5전대가 이곳에 있기는 했지만, 제5전대는 정규 편성된 전대가 아니라 예비대였다.

그러니 정규 전대 네 개 중 적어도 2개 전대를 파견해야 맞다.

하지만 현실은 그렇지 못했다. 현재 팀 유니콘 전대 네 개 중 제3전대는 외국에 파견을 나가 있었다.

아무리 대격변으로 국가 간의 관계가 예전과는 달라졌다지만, 대한민국은 외국과의 관계를 단절한 채 생존하기는 힘든 경제구조를 가지고 있었다.

그렇기 때문에 필요한 자원을 구하기 위해서는 다른 나라와의 관계가 무척이나 중요했다.

특히나 몬스터에게 많은 국토를 빼앗겨 식량수급이 어려워진 지금은, 식량을 많이 생산하는 국가로부터 다수의 식량을 수입해야만 했다.

그러니 이런 국가들이 몬스터에게 식량생산지를 빼앗기거나, 나라가 몬스터에 의해 멸망하는 것을 막기 위해 도움을 주고 있었다.

그 대가로 대한민국은 도움을 받은 나라로부터 식량이나 필요한 자원을 가져왔다.

그 때문에 팀 유니콘의 전대 중 최소 1개 전대는 외국에 파견되어 나가 있었고, 많을 때는 두 개의 전대가 외국에 파견을 나갈 때도 있었다.

물론 그런 경우는 많지 않지만, 가끔 동맹국 중에서 위험등급이 높은 차원 게이트가 발견되면 위험부담이 있기는 해도 어쩔 도리가 없었다.

그러니 최수연이 최악의 상황을 상정해 적어도 하나의 전대는 이곳으로 와야 한다는 조건을 말한 것이었다.

7. 어스 드레이크의 이동

크르르릉!

끼기기긱!

소리산 밑의 넓은 대지로 몬스터 웨이브를 막기 위해 나와 있던 3군단 1연대 중에 몬스터 웨이브를 성공적으로 막아내고 살아남은 전차들이 집결했다.

몬스터 웨이브에 의해 전력 이탈이 된 B섹터의 2대대 병력을 뺀 1대대와 3대대 병력 중에 전차 전력만 이곳에 모인 것이다.

사실 다른 병력은 7등급 보스 몬스터를 상대로 별다른 피해를 주지 못하지만, 그나마 전차는 위험 등급 7등급 몬스터를 대상으로도 어느 정도 피해를 입힐 수 있기에 집결한 것이다.

다만, 가까운 거리에 있다가는 도망치지도 못하고 당할 수도 있으니, 어스 드레이크가 있는 곳으로부터 5㎞ 정도 떨어진 곳에 자리를 잡았다.

A섹터와 C섹터를 맡고 있던 전차 전력이 이렇게 어스 드레이크를 잡기 위해 집결하고 있을 때, 데프콘 1 발령으로 인해 헌터들도 속속 이곳에 도착했다.

헌터 협회에서는 역시나 예상대로 팀 유니콘 제4전대만이 이곳에 급파되었다.

그리고 대형 헌터 길드에서도 하나의 파티 전력을 파견했다.

다만, 헌터 협회의 제4전대는 헬리콥터를 타고 빠르게 합류를 한데 비해, 헌터 길드에서는 이런저런 핑계를 대면서 차량으로 이동하여 오는 중이었다.

슈슈슈슈!
틱!
저벅저벅!

헌터 협회에서 출발한 제4전대가 헬리콥터에서 내리자, 이를 마중하기 위해 최수연과 제5전대 대원들이 가까이 다가갔다.

"선배 팀만 온 겁니까?"

최수연이 헬리콥터에서 내린 박용식을 보며 물었다.

박용식은 최수연보다 먼저 헌터 협회에 들어와 꾸준히 실력을 보이면서 팀 유니콘 제4전대의 전대장이 된, 수연의 선임이었다.

다만, 두 사람의 관계는 생각보다 그리 친하지 못했는데, 둘이 원래부터 이런 것은 아니었다.

선배인 박용식보다 후배인 최수연의 재능이 뛰어나 늦게 각성을 한 최수연이 먼저 7등급 헌터 라이선스를 취득하면서 관계가 소원해진 것이었다.

그럼에도 수연은 지원을 나온 박용식을 맞아 정중하게 인사를 했다.

"상황은?"

비록 관계가 소원해지기는 했지만 박용식도 공식적인 자리에서 공과 사를 구분할 줄은 알았다.

"현재 게이트 브레이크를 벗어난 코드 레드는 주변에 있던 몬스터와 헌터들을 잡아먹고 움직임을 멈췄습니다."

방금 최수연이 말한 코드 레드는 물레울유원지 게이트에서 나온 어스 드레이크에게 명명된 코드명이었다.

어스 드레이크에게 이러한 코드명이 내려진 것은, 현장에서 헌터 협회로 보고가 올라가고 데프콘 1이 발령된 상태에서 이미 재앙급 위험 등급인 7등급을 받은 어스 드레이크였기 때문이었다. 헌터 협회에서는 지금도 실시간으로 작전을 짜고 있었다.

"그런데 다른 헌터들은 어디쯤 왔다고 합니까?"

팀 유니콘 제4전대의 12명이면 충분히 도움이 되기는 했지만, 그렇다고 위험 등급 7등급의 어스 드레이크를 레이드 하기에는 전력이 한참이나 부족했다.

"동원령이 발령되고 바로 출발했다 해도 차량을 이용해 이동하다 보니, 아마도 아직 양평 초입 정도나 들어왔을 거야."

박용식은 헌터 길드에서 파견 나온 헌터들이 도착하려면 빨라도 30~40분은 더 걸릴 것이라는 말을 했다.

"으음……."

30~40분정도 걸릴 것이라는 말을 듣고 최수연은 자신도 모르게 신음을 흘렸다.

지금은 한시가 급한 데 무려 30분 이상 더 기다려야 한다는 것이 못내 마음에 들지 않았기 때문이었다.

더욱이 어스 드레이크가 있는 현장에는 자신 때문에 재식이 혼자 고립되어 있으니, 그것 또한 걱정이 되어 더욱 마음에 들지 않았다.

"굳이 그들을 기다려야 하나요?"

제5전대의 부전대장인 권인하가 조심스럽게 이야기에 끼어들며 물었다.

"위험 등급 7등급 보스를 잡는 일이 장난으로 보이나?"

박용식은 눈빛을 차갑게 빛내며 일갈했다.

잘 알려지지는 않았지만 박용식정도 되면 수많은 몬스터 레이드를 경험했고, 또 해외 파견으로 많은 보스 몬스터를 잡아본 전력이 있었다.

비록 그중에 위험 등급 7등급은 없었지만, 보스 몬스터는 그 이름에서도 알 수 있듯 일반적인 몬스터와는 그 능력 자체가 달랐다.

위험 등급 5등급 보스 몬스터만 해도 일반적인 6등급 몬스터보다 더 강했다.

물론 등급의 격차에서 오는 덩치 차이가 있어 레이드를 하는 데 조금 부담이 적기는 하지만, 그렇다고 긴장을 놓았다가는 어떤 상황에 직면할지 몰랐다.

6등급 일반 몬스터는 덩치가 커서 동작이 느린 반면, 5등급 보스 몬스터는 6등급 몬스터에 비해 덩치가 작아 더욱 빠르고 민첩했다.

그런데 작다고 해서 힘이 약하지도 않았다.

6등급 몬스터 이상의 힘을 발휘하다 보니, 5등급 보스 몬스터는 레이드를 하는 데 각별히 신경을 써야만 했다.

그런데 이번에 상대해야 할 몬스터는 6등급 보스도 아니고 무려 7등급 보스 몬스터였다.

판타지 소설에서도 용종 몬스터 중에 끝판 왕인 드래곤 다음으로 강력한 몬스터로 묘사되는 것이 바로 드레이크다.

그나마 다행인 것은 코드 레드가 비행형이 아닌 육상형이라는 점이었다.

만약 차원 게이트에서 나온 드레이크가 비행형이었다면 레이드를 하는 데 상당히 곤란을 겪었을 터인데, 그것은 그나마 다행이었다.

"그렇다고 이대로 있을 수는 없어요."

권인하를 윽박지르는 박용식을 보며 최수연은 담담한 표정으로 말했다.

비록 같은 전대장이라 할지라도, 박용식이 앞선 넘버 전대의 공대장이라서 발언권은 박용식이 더 셌다.

그렇다고 최수연의 말이 무시될 정도는 아니었기에 자신의 생각을 말한 것이었다.

"무슨 이유라도 있나?"

박용식은 제5전대의 대원들이나 전대장인 최수연이 뭔가 급해 보이는 모습을 보이자 의아해하며 물었다.

"네, 현재 코드 레드가 있는 지역에는 저희에게 현장 정보를 전달해주는 헌터가 있습니다. 지금 그는 제 부탁으로 그곳에 나갔다가 고립된 상태입니다."

수연의 이야기를 듣고 박용식은 조금 어이가 없었다.

"그거라면 당연히 감수를 해야 하는 상황 아닌가?"

"물론 그가 헌터 협회 소속이라면 그것도 임무이니 그럴 수 있다고 할 수 있겠지만, 저기 있는 사람은 협회 소속도 아니고 또 이곳에서 사냥을 하던 헌터도 아니에요."

수연은 재식이 무엇 때문에 이곳에 오게 되었고, 또 그가 어떤 존재인지 박용식에게 들려주었다.

"선배도 들어보았을 거예요. 최근에 S등급 판정을 받은 6등급 헌터 이야기 말이에요."

"아!"

박용식은 S등급이라는 말에 코드 레드가 있는 영역에 고립된 헌터가 누구인지 알아차렸다.

"그와 원래부터 알고 있던 사이인가?"

"네, 제 동생의 친구예요. 그리고… 이걸 봐주세요."

재식과 자신의 관계에 대해 말을 한 후 조금 더 박용식이 재식에게 관심을 가지게 하려고, 최수연은 재식이 자신의 전대에게 선물했던 실드 마법이 인첸트 되어 있는 팔찌를 그에게 보여주었다.

"이게 뭐지?"

박용식은 무언가 알 수 없는 문양이 새겨진 팔찌를 보고 고개를 갸웃거렸다.

여성이 착용하는 액세서리라고 보기에는 디자인이 그리 썩 훌륭하지는 않았다.

다만, 팔찌에 새겨진 문양이 신비로움을 풍기고 있었다.

"아티펙트예요."

"아티펙트? 설마 이게 가끔 던전에서 나온다는 그건가?"

자신의 눈앞에 느닷없이 이상한 문양을 가진 팔찌를 내보이며 그것이 아티펙트라고 말을 하는 최수연을 바라보며 박용식이 물었다.

그런데 아티펙트라도 그렇지, 그것을 왜 자신에게 보이는 것인지 그는 알 수가 없었다.

"너희도 보여줘."

수연은 박용식의 질문에도 아무런 대답도 없이 옆에 있던 대원들에게 말했다.

그러자 권인하를 비롯해 제5전대 대원들이 재식이 선물해준 팔찌를 앞으로 내보였다.

"어?"

제5전대 대원들도 최수연이 가진 팔찌와 똑같은 것을 보여주자, 박용식을 비롯해 회의실 안에 있던 사람들은 깜짝 놀랐다.

만약 제5전대 대원들 전부가 같은 기능을 가진 아티펙트를 가지고 있다면 이는 무척이나 놀라운 일이었다.

아티펙트란 것은 사실 아주 희귀한 것으로서, 헌터 협회에서도 이 아티펙트를 확보하기 위해 많은 예산을 사용했다.

이는 아티펙트 하나가 귀중한 전력인 헌터의 목숨을 구해줄 수 있는 도구가 될 수 있기 때문이었다.

과학으로는 설명할 수 없는 엄청난 효과를 가진 물건이 바로 아티펙트였다.

그런데 하나도 아니고 팀원 여섯 명이 모두 같은 것을 가지고 있었다.

팔찌에 어떤 효과가 있는지는 모르겠지만, 같은 종류의 아티펙트 여섯 개라면 그것만으로도 상당한 효과가 있을 것이란 생각에 박용식은 눈을 반짝였다.

'저것만 있다면…….'

어떤 효과가 있는지는 몰라도 자신의 전대에 저것 중 절반만 있더라도 해외 파견을 나갔을 때 큰 도움이 될 것이라 생각하면서, 박용식은 수연이 내민 팔찌를 유심히 살펴보았다.

"저기 고립된 헌터가 저희에게 고맙다면서 선물해준 것입니다."

"뭐! 그게 사실인가?"

박용식은 최수연이 한 말을 믿을 수가 없었다.

아티펙트는 가장 싼 것도 백억 원이 넘어가는 고가였다.

아티펙트가 가진 효과를 떠나 인간은 만들어낼 수조차 없는 차원 너머 이계의 물건이었기에 돈 많은 수집가들도 눈에 불을 켠 채 찾아다니고 있었다.

그러다 보니 수요보다 공급이 부족한 아티펙트의 가격은 지금도 실시간으로 올라가는 중이었다.

그런데 더욱 충격적인 말을 최수연이 이어서 했다.

"이건 던전에서 발견된 것이 아니라 그가 직접 만든 것이라고 했습니다."

"……."

"……?"

한순간 장내는 침묵으로 조용해졌다.

무언가 들어서는 안 될 말을 들은 것 같아 박용식이나 제 4전대 대원들, 그리고 몇몇 헌터 협회 관계자와 군 관계자들은 할 말을 잊고 있었다.

"그, 그 말이 사실입니까?"

조용히 이야기를 듣고 있던 최무식 사무장이 최수연의 폭탄과도 같은 말에 가장 먼저 정신을 차리고 물었다.

"네. 이것과 이것을 비교해 보세요."

최수연은 잠시 부전대장인 권인하에게 눈짓으로 양해를 구한 뒤, 그녀의 손에서 팔찌를 가져와 자신의 것과 함께 최무식에게 넘겨주었다.

그렇게 두 개의 팔찌를 넘겨받은 최무식은 그것들을 눈앞에 가까이 가져와 비교해 보기 시작했다.

한참 동안 그것을 살펴본 최무식은 놀란 눈으로 팔찌와 최수연의 얼굴을 번갈아 바라보았다.

"뭔데 그러고 있나?"

박용식은 아티펙트를 살핀 최무식이 아무런 말도 하지 않은 채 최수연의 얼굴과 팔찌만 보고 있자 참지 못하고 물었다.

그런 박용식에게 최무식은 아무런 말도 하지 않고 조용히 그것을 넘겨주었다.

최무식의 손에서 자신의 손으로 넘어온 팔찌를 박용식은 조금 전 최무식이 그랬던 것처럼 자세히 살펴보았다.

팔찌는 마치 공장에서 찍어낸 것처럼 똑같았다.

팔찌의 표면에는 동그라미와 그 안에 각종 기하학적인 문양이 새겨져 있었다.

그리고 던전에서 출토된 아티펙트에 새겨진 것과 비슷한 문양이 새겨져 있어, 한 눈에 봐도 팔찌가 아티펙트임을 알 수 있었다.

"그럼 혹시 이 팔찌에 어떤 기능이 있는지도 들었는가?"

재식이 만들었다는 이야기를 들었기에 박용식은 혹시나 하고 물었다.

"네. 방어 마법이 새겨진 팔찌라고 했습니다."

"방어 마법? 그게 뭐지?"

방어 마법이라는 말에 박용식은 그게 무슨 말인지 알 수가 없어서 되물었다.

그러자 최수연이 친절하게 대답해 주었다.

"말 그대로 공격을 막아주는 마법입니다."

"그건 말도 안 돼!"

겨우 팔찌 하나가 아무런 조치도 취하지 않는데 공격을 막아준다는 말에 주변에서는 믿을 수 없다는 말이 튀어나왔다.

그런 주변 반응에 최수연은 이곳으로 오기 전에 헌터 협회에서 그것을 시험했던 일을 들려주었다.

그러자 박용식과 제4전대 대원들은 조금 전보다 더 욕심이 가득한 눈으로 팔찌를 쳐다보았다.

"다시 한번 말씀드리지만, 그것을 만든 헌터가 지금 코드 레드가 있는 곳에 고립되어 있습니다. 만약 우리가 머뭇거리고 있는 사이에 그가 코드 레드에게 희생된다면, 우리는 몬스터로부터 위협받고 있는 인류를 지킬 수 있는 가능성을 저버리는 것이 될 것입니다."

겨우 3클래스 마법인 실드 마법이 인첸트 된 팔찌이기는 했지만 최수연은 이것에서 무한한 가능성을 보았다.

비록 최선을 다한 공격은 아니었지만 적어도 5등급 몬스터에게 충분히 대미지를 줄 수 있는 정도의 속성공격을 팔찌는 막아냈다.

그런데 만약 이러한 팔찌를 모든 헌터들이 착용한다면 어떻게 될까?

이는 상상만으로도 엄청난 일이었다.

만약 그게 가능하다면 몬스터 헌팅의 새로운 패러다임이 펼쳐질 것이다.

이는 아티팩트가 던전에서 아주 가끔 발견되는 것과는 차원이 완전히 달랐다.

누군가 인위적인 능력을 통해 이를 대량으로 만들어낼 수만 있다면, 이를 기반으로 몬스터만을 전문적으로 상대하는 군대를 양산할 수도 있을 터였다.

똑같은 무기를 가진 집단이 있다면 군 전략전술처럼 작전을 수립하고 체계를 갖춰 몬스터를 사냥할 수도 있게 된다는 소리였다.

　지금까지 헌터는 각자 역량에 맞게 경험과 감을 이용해 본능적인 사냥을 해왔지만, 똑같은 아티펙트로 무장을 하게 된다면 그런 감을 이용한 사냥보다는 더욱 객관적이고 효율적인 사냥이 가능해질 것이었다.

　이러한 사실을 깨달은 박용식이나 최무식은 머릿속이 복잡하게 돌아가기 시작했다.

　'도움이 될까……? 그렇다. 큰 도움이 될 것이다.'

　박용식은 자신이 지휘하는 제4전대 대원들이 아티펙트로 무장을 하게 된다면 큰 도움이 될 것이라는 판단을 내렸다.

　그리고 최무식 사무장은 헌터들을 서포터 하는 위치에 있는 사람인지라 헌터 협회의 직원으로서 전체적인 흐름에 대한 생각을 했다.

　'5등급 몬스터의 공격을 막을 수 있는 아이템이 헌터들에게 갖춰진다면, 현재 국토에 퍼져있는 몬스터를 처리하는 것은 물론이고, 어쩌면 북쪽에 자리 잡은 몬스터까지 처리할 수도 있을 것이다!'

　두 사람은 조금은 다른 시각에서 아티펙트의 대량 생산이 가져올 결과를 예측했지만, 결론은 비슷했다.

　몬스터 사냥에 도움이 되고, 또 보다 안전해진 헌터들이 과감하게 나서게 된다면, 몬스터가 점령한 국토를 되찾을 수 있을 뿐만 아니라 몬스터 왕국으로 변한 북한 지역도 수복할 수 있게 되어 통일 아닌 통일도 이룩할 수 있었다.

그리고 이 아티펙트가 더욱 많아진다면 일반인도 구입할 수 있을 것이고, 그렇게 되면 더 이상 몬스터는 두려움의 대상이 되지 않을 터였다.

여기까지 생각하니 코드 레드가 있는 지역에 고립된 재식의 존재가 크게 다가왔다.

재식의 가치를 깨닫게 된 박용식은 굳은 표정으로 장내를 돌아보았다.

위험 등급 7등급 몬스터를 상대해야 한다는 부담감 때문에 굳어 있는 부하들을 보며 그 또한 마음이 편하지 않았다.

하지만 6등급 헌터이면서 동시에 S급이기도 한 재식을 그냥 포기하기에는 너무도 아까웠다.

그도 그럴 것이 앞에 앉아 있는 제5전대의 경우를 보면, 변종 고블린에게서 자신을 구해줬다는 것만으로 재식이 여섯 명 전원에게 5등급 몬스터에게 대미지를 입힐 수 있는 정도의 번개속성 공격을 막아낼 수 있는 아티펙트를 선물로 주었다고 하지 않는가.

그런데 더욱 놀라운 것은, 한 가지 속성 공격을 막아낼 수 있는 것만으로도 놀랄 일인데 가스와 같은 성질의 공격이 아니라면 거의 모든 속성을 막아낼 수 있다는 점이었다.

그런 이야기를 들었으니, 박용식은 물론이고, 제4전대 대원들이나 군인인 장총찬 소장을 비롯한 장교들도 관심을 보이는 것은 당연했다.

삐빅!

박용식이나 여기 모인 헌터들이 어떻게 할 것인지를 두고 고민에 잠겨 있을 때, 최수연의 헌터 브레슬릿을 통해 신호가 왔다.

[수연 누나! 어스 드레이크가 움직이기 시작했어요.]

재식에게서 날아온 무전은 이를 듣고 있던 사람들을 긴장시켰다.

[방향은 남쪽으로, A섹터가 있는 소리산 자연발생유원지 방향이에요.]

재식의 무전이 끝난 후, 장내는 숨소리 하나 들리지 않을 정도로 조용해졌다.

꿀꺽!

이때, 누구의 것인지 모르겠지만 마른침을 삼키는 소리가 들렸다.

"흐음, 이거 어쩔 수 없이 우리가 막아야 할 것 같군!"

코드 레드로 명명된 어스 드레이크가 자신들이 주둔하고 있는 방향으로 이동을 시작했다는 무전에 박용식은 어쩔 수 없다는 듯 결론을 내렸다.

동원령으로 헌터들이 이곳에 모일 때까지는 아직 시간이 더 필요했지만, 이제는 어쩔 도리가 없었다.

"하지만 어떻게……."

제4전대의 부전대장인 강혁이 조심스럽게 물었다.

자주 해외 파견도 나간 그였지만, 위험 등급 7등급 보스 몬스터를 탱킹해본 적이 단 한 번도 없었기 때문이었다.

아무리 그가 7등급 헌터이고 63레벨을 가지고 있는 강철 속성의 탱커라 해도, 상대는 단순한 7등급 몬스터도 아닌 7등급 보스 몬스터였다.

그 말은 일본에서 잡힌 야마타노 오로치와 동급이라는 소리였다.

당시 뉴스를 통해 봤던 야마타노 오로치는 강혁이 감히 탱킹을 하겠다는 엄두도 못 낼 정도로 어마어마했다.

"흐음, 하지만 다른 방법이 없지 않나? 어떻게든 막아봐야지. 일단……."

박용식은 제4전대에 있는 탱커들을 돌아보았다.

부전대장인 강혁을 비롯해 제4전대의 탱커는 팀 유니콘의 어느 전대에 있는 탱커보다도 탱킹 능력이 뛰어났다.

비록 앞선 넘버 전대의 탱커에 비해 레벨은 조금 떨어질지 모르지만 각성 속성이 그들보다 더 좋았기 때문에, 시간만 더 주어진다면 5개의 전대 중에 가장 뛰어난 탱커가 이들 속에서 나올 것은 분명했다.

그 때문에 헌터 협회에서도 이들을 밀어주기 위해 해외 파병을 자주 보내고 있었다.

국내에서는 이들을 키워줄 만한 던전을 분배하는 것이 힘들었기 때문이었다.

돈이 되거나 아니면 5등급 이상의 헌터를 키우기 위한 던전이 그리 많지 않아 거의 대부분을 거대 헌터 길드에서 가지고 있었기 때문에, 헌터 협회의 직할 특무대라도 5등급 이상의 던전에서 사냥하는 것은 쉽지가 않았다.

하지만 외국이라면 이야기가 달랐다.

동남아시아만 해도 계속해서 발생하는 차원 게이트와 게이트 브레이크로 인해 던전을 처리하지 못해서 허덕이고 있는 나라가 많았다.

그래서 헌터 협회는 그런 나라에 특무대인 이들 유니콘 전대들을 로테이션으로 파견을 보내고 있었다.

"다 자란 드레이크도 아니고, 또 드레이크 중에서 가장 약한 종이라고 하니 해볼 만하지 않겠나?"

재식이 무전으로 알려준 코드 레드에 관한 정보를 토대로 보면, 그것은 위험 등급 7등급 몬스터인 드레이크 중에서 그나마 약한 종이고, 다 자란 성체도 아닌 아직 덜 자란 개체였다.

그러니 비록 6등급 보스 몬스터 이상의 몬스터를 접해보지는 못했지만, 충분히 해볼 만하지 않을까 라는 생각을 하면서 박용식은 대원들을 설득했다.

"흐음… 알겠습니다."

강혁은 마지못해 박용식의 말에 대답했다.

"그럼 일단 코드 레드가 이곳으로 이동했다고 하니, 전차 부대는 좀 더 밑으로 이동하는 것으로 하죠."

"네, 알겠습니다."

"그런데 혹시 이곳으로 오고 있는 코드 레드의 움직임을 방해할 만한 함정이나 구조물이 있을까요?"

최수연은 조금 뒤 벌어질 코드 레드와의 전투를 머릿속에 그려보면서 최무식을 돌아보고 물었다.

"여긴 개활지라 그럴 만한 것이 없습니다."

최무식은 주변 지도를 살펴보며 그렇게 대답했다.

"그럼 이렇게 하는 것이 어떻겠습니까?"

이때 장총찬 소장이 뭔가 생각난 것이 있는지 입을 열었다.

"여기 주변의 땅을 조금 판 다음 그곳에 남은 포탄이나 폭약을 묻는 겁니다. 그리고……."

장총찬은 오래전 2차 세계대전 당시 연합군이 강력한 화력과 방어력을 가진 독일의 6호전차(타이거 전차)를 잡기 위해 사용했던 방법을 떠올렸다.

당시 타이거 전차는 연합군에게 너무나도 무서운 전차였다.

당시 연합군의 전차 중 최고 화력을 내는 전차는 미국의 셔먼 전차였다.

미국의 셔먼 전차는 영국이나 프랑스의 전차가 겨우 47㎜ 포를 장착하고 있는 데 반해, 주포 구경이 75㎜에 달했다.

그런데 적국인 독일의 타이거 전차(6호전차)는 88㎜ 주포에 전면 장갑은 무려 100㎜나 되었다.

그 때문에 연합군의 어떠한 전차의 주포도 이 독일의 맹수인 타이거 전차의 장갑을 뚫을 수가 없었다.

그나마 장갑에 타격을 줄 수 있는 방법은 전차의 가장 약한 부위라 할 수 있는 후면을 공격하는 것뿐이었다.

그곳은 전차의 엔진이 들어있는 부위이고, 또 상대적으로 위험하지 않은 부위라 장갑이 그리 두텁지 않기 때문이다.

그리고 후면과 함께 전차의 약점인 곳이 두 개 더 있었는데, 그곳은 바로 전차의 상판과 하판이었다.

적과 마주하는 전면과 혹시나 돌아서 공격을 받을 수도 있는 측면에 비해 공격받을 위험이 적은 상부와 하부의 장갑은 3㎝도 되지 않는 겨우 25㎜였다.

그렇다 보니 연합군은 이 괴물 전차를 잡기 위해 전차전을 벌이기보다는 땅에 폭약을 묻었다가 그 위로 독일의 타이거 전차가 지나가면 폭발시키는 방법으로 많은 타이거 전차를 파괴했다.

그리고 그런 작전을 펼칠 수 있었던 것은, 연합군 전차에 비해 독일의 타이거 전차는 화력과 방어력에 너무나 신경을 쓴 나머지 기동성을 포기했기 때문이었다.

엔진 기술이 발전하지 못한 상태에서 50톤이 넘는 무게를 움직이려고 하다 보니 타이거 전차의 속도는 겨우 시속 30㎞도 되지 못했다.

게다가 이는 잘 포장된 도로에서의 속도이고, 야지에서는 속도가 더욱 떨어졌다.

실제로 2차 대전 당시 타이거 전차는 연합군에 의해 파괴된 것보다 지형 때문에 운용이 힘들어서 연합군에 노획되는 것을 막기 위해 독일군이 파괴한 것이 더 많을 정도로 기동성이 떨어졌다.

장총찬은 이런 전쟁사를 떠올리며 이 방법을 코드 레드에 사용할 것을 건의했다.

"흐흠, 그것도 나쁘지 않겠군요."

박용식이 생각하기에도 그 방법은 쓸 만해 보였다.

다만, 코드 레드인 어스 드레이크의 민첩성이 어느 정도인지 알 수가 없어서 장총찬 소장이 건의한 작전을 수행하기 위해서는 무언가 도움이 필요해 보였다.

"하지만 그 작전이 성공을 하기 위해서는 일단 코드 레드가 함정이 있는 곳으로 들어가야 하는데, 그걸 어떻게 할 것인지 좀 더 설명해 주시겠습니까?"

협력관계인 군 장성의 작전에 박용식은 조심스럽게 물었다.

"그럼 이건 어떻겠습니까?"

장총찬 소장의 이야기에 최무식은 방금 전의 그 작전을

성공시키기 위해 필요한 것을 이야기했다.

"함정 주변에 유인물을 설치하는 것입니다."

"유인물이요?"

"예. 코드 레드가 이쪽으로 이동하는 것은 먹이 때문이 아닐까 싶습니다. 그러니 함정 위에 몬스터들을 가져다 두고 코드 레드가 그것을 먹으면, 그때……."

"아! 그거 좋은 생각입니다."

장총찬은 자신의 제안이 받아들여지자 어떻게 하면 코드 레드를 함정이 있는 곳으로 끌어들일까 궁리를 하다가 최무식의 말에 눈이 번쩍 떠지며 찬성을 했다.

"다른 사람들은 어떻게 생각하나?"

박용식은 최무식의 이야기를 듣고 좋은 생각이라는 판단이 들어 다른 사람들의 의견을 물었다.

"좋아요. 시간이 없으니 바로 준비를 하죠."

지금 자신들이 작전회의를 하는 와중에도 코드 레드는 자신들이 있는 곳으로 다가오고 있었다.

그러니 빠르게 회의를 끝내고 코드 레드를 막을 준비를 해야 했다.

"그럼 그렇게 하기로 하고 바로 움직이지."

박용식은 의견이 하나로 정해지자 곧바로 지시를 내렸다.

*　　　*　　　*

쿵! 쿵! 쿵!

게이트 브레이크가 발생하고 차원 게이트 안에서 나타난 어스 드레이크는 던전에서 나오기가 무섭게 로어를 터뜨렸다.

이에 게이트 브레이크에서 살아남은 헌터와 몬스터들은 하던 동작을 멈추고 굳어버렸다.

어스 드레이크가 터뜨린 로어에는 생명체의 신체를 굳게 하는 저주파가 담겨 있어서 이를 들은 어스 드레이크보다 약한 존재는 마치 천적을 만난 동물마냥 굳어버리는 특성이 있었다.

게이트 브레이크로 발생한 흙먼지가 가라앉고 눈앞에 나타난 헌터와 몬스터들은 어스 드레이크의 먹이로 전락했다.

어스 드레이크는 헌터와 몬스터들을 모두 잡아먹은 후 그에 그치지 않고 죽은 몬스터들 또한 게걸스럽게 먹어치웠다.

그렇게 한동안 죽은 몬스터들을 먹느라 움직이지 않던 어스 드레이크는 특이하게도 놀과 코볼트의 시체는 거들떠보지도 않았다.

그리고 오크 중에서도 일부 오크는 먹지 않고 지나쳤는데, 재식은 어스 드레이크가 웨어울프나 트롤, 그리고 오크 중에서도 덩치가 큰 오크의 시체들만 먹는 모습에 뭔가 이유가 있을 것이라 생각하고 이를 유심히 관찰했다.

"무슨 이유로 놀이나 코볼트의 시체는 먹지 않는 것이지? 뭔가 이유라도 있나?"

재식이 그렇게 어스 드레이크의 행동에 이상함을 느끼며 관찰하고 있을 때, 오크 전사와 트롤, 그리고 웨어울프들의 시체들을 모두 먹어치운 어스 드레이크는 한동안 그 자리에서 움직이지 않았다.

그 모습은 마치 먹이를 먹은 뱀이 먹이가 소화될 때까지 최소한도로 움직임을 자제하는 것과 비슷한 느낌을 주었다.

한참 동안 그렇게 움직이지 않는 어스 드레이크로 인해, 재식도 꼼짝없이 그곳에서 움직이지도 못한 채 어스 드레이크의 행동을 지켜봐야만 했다.

그러면서 간간히 어스 드레이크에 대한 정보를 최수연에게 전달했다.

그런데 한동안 움직이지 않던 어스 드레이크가 무슨 일인지 갑자기 다시 움직이기 시작했다.

"수연 누나! 어스 드레이크가 움직이기 시작했어요."

어스 드레이크가 이동을 시작하자 이를 보고한 재식은 혹시나 자신의 목소리가 어스 드레이크에게 들릴 수도 있어서 조금 움직여 조형물 뒤로 이동해 어스 드레이크의 시선에서 몸을 숨겼다.

"방향은 남쪽으로, A섹터가 있는 소리산 자연발생유원지 방향이에요."

쿵! 쿵! 쿵! 쿵!

어스 드레이크는 재식이 보고를 하는 와중에도 천천히 최수연이 있는 A섹터 방향으로 내려가고 있었다.

그러다가 잠시 가던 길을 멈춘 채 재식이 있는 방향을 향해 머리를 돌려 마치 냄새를 맡듯 코를 벌름거렸다.

그 모습에 재식은 얼른 기척을 숨겼다.

"하이드! 윈드 월!"

몸을 숨겨주는 마법인 하이드 마법과 혹시라도 냄새를 들킬까봐 바람의 장벽을 만들어 체향이 어스 드레이크에게 날아가는 것을 막았다.

그래서 그런지 한참 동안 코를 벌름거리던 어스 드레이크는 고개를 돌리고 다시 남쪽으로 이동했다.

쿵! 쿵! 쿵!

무려 300m나 떨어져 있는데도 갑자기 가던 길을 멈추며 코를 벌름거리는 어스 드레이크로 인해 재식은 순간 심장이 얼어붙는 듯한 느낌을 받았다.

그 때문에 재식은 숨도 쉬지 못한 채 어스 드레이크가 멀어지기만을 기다렸다.

"휴우!"

참으로 아찔한 순간이었다.

어스 드레이크가 그렇게나 멀리 떨어져 있는데도 불구하고 자신의 기척을 느꼈다는 것에 재식은 깜짝 놀랐다.

재식이 어스 드레이크에 대해 알고 있는 것은 모두 챠콥의 기억 때문이었다.

이는 마치 책을 읽고 얻은 간접 경험과도 비슷했다.

그러다 보니 어스 드레이크에 대한 경계가 소홀했다.

약간의 방심으로 하마터면 큰 위기를 맞을 뻔한 것이다.

"앞으로는 더욱 조심해야겠어."

재식은 자신이 실수한 것을 반성하며 멀어지는 어스 드레이크의 뒤를 조심스럽게 따라갔다.

그렇게 얼마나 어스 드레이크를 따라갔을까.

띠릭!

최수연에게서 무전이 날아왔다.

[재식아, 어스 드레이크 레이드를 할 계획이니까, 그 자리에서 대기해!]

'벌써 헌터들이 도착했나?'

재식이 예상하기에는 아직 서울에서 이곳까지 헌터들이 도착할 만한 시간은 되지 못했다.

그런데 최수연은 무슨 이유에서인지 어스 드레이크 레이드를 할 거라고 알려왔다.

'뭐 생각이 있겠지.'

지금 있는 곳에서는 A섹터 지휘사령부에서 세운 계획을 정확하게 알 수 없으니, 일단 명령대로 대기를 해야 했다.

[1차로 먹이를 써서 어스 드레이크를 함정이 있는 곳으로 유인할 거야! 그리고 나서…….]

최수연은 재식에게 지휘사령부에서 수립한 어스 드레이

크 레이드에 대한 작전개요를 들려주었다.

이에 재식은 그 작전이 제대로만 들어맞는다면 어스 드레이크를 잡을 수도 있을 것이라 생각했다.

'괜찮은데… 잘하면 어스 드레이크를 잡을 수도 있겠어.'

폭탄이 묻혀있는 함정으로 유인해 1차 타격을 주고, 어스 드레이크가 정신을 차리기 전에 멀리 떨어져 있는 전차부대에서 전차포 사격을 할 예정이었다.

120㎜ 주포를 가진 K—2전차는 자동장전을 통해 연속해서 16발을 사격할 수 있었다.

2개 대대의 전차를 모두 모으니 28대의 전차가 준비되었는데, 28대의 전차가 16번 연속 사격을 하면 448번의 사격이 어스 드레이크에게 날아들 것이었다.

그것이 어느 정도의 효과가 있을지는 장담할 수 없었지만, 어스 드레이크라 해도 타격을 입을 것이 분명했다.

더욱이 저 앞에 있는 어스 드레이크는 다 자란 성체도 아니고 겨우 크기가 20m 정도에 지나지 않는 어린 드레이크이지 않은가.

그렇게 타격을 입은 뒤라면 충분히 해볼 만했다.

지금 어스 드레이크가 가고 있는 방향에는 헌터 협회에서 지원 나온 제4전대도 있다고 하니, 어쩌면 생각보다 쉽게 어스 드레이크를 막아낼 수도 있을 것 같았다.

8. 레이드

크르릉!

쿵! 쿵!

물레울유원지 차원 게이트에서 나타난 어스 드레이크는 나타나자마자 주변에 있던 헌터와 몬스터들을 잡아먹은 후 또 다른 곳에서 풍겨오는 몬스터의 혈향을 맡고는 이동을 하기 시작했다.

그렇게 이동을 한 어스 드레이크는 몬스터 웨이브의 중아, A섹터가 몬스터 웨이브를 막아내고 있던 소리산 자연발생유원지까지 진출했다.

그리고 그 주변에 널린 몬스터의 시체들을 포식하기 시작했다.

크릉!

크오옹!

보스 몬스터도 공짜 먹이에 기분이 좋은 것인지 머리를 하늘 높이 쳐들고 하울링을 했다.

그런 어스 드레이크의 모습을 1km 정도 떨어진 곳에서 은신한 채 보고 있던 헌터들은 자신도 모르게 진저리를 쳤다.

비록 하울링에는 자신보다 약한 대상의 몸을 굳게 만드는 저주파가 섞이지는 않았지만, 단단한 갑옷을 연상시키는 비늘로 뒤덮인 20m나 되는 거대한 덩치와 보는 것만으로도 혐오감과 두려움을 주는 세로로 찢어진 파충류의 눈, 그리고 모든 것을 찢어발길 것만 같은 날카로운 이빨 등은 이를 보는 것만으로도 헌터들의 몸을 떨리게 만들었다.

아무리 몬스터를 잡는 몬스터 헌터라고는 하지만, 어스 드레이크가 트롤의 시체를 한 입에 넣고 씹는 모습을 보고 있노라면 자신의 몸이 생으로 씹히는 것처럼 느껴졌다.

"준비!"

박용식은 긴장하고 있는 자신의 부하들에게 곧 있을 어스 드레이크 레이드를 준비하도록 지시했다.

그리고 그건 제5전대의 전대장인 최수연 또한 마찬가지였다.

꿀꺽!

긴장된 순간이었다. 이들은 역사적으로 대한민국에 2번째 나타난 위험 등급 7등급 몬스터의 레이드를 목전에 두고 있었다.

"후우! 후우!"

그 때문인지 몇몇 헌터들은 너무 긴장을 해서 숨이 가빠왔다.

하지만 어느 누구도 그 헌터들에게 뭐라고 하는 사람은 없었다.

본인들도 긴장을 해서 다른 사람을 챙길 겨를이 없었기 때문이었다.

"Go!"

박용식은 헌터 브레슬릿을 이용해 어스 드레이크 레이드의 시작을 알렸다.

그러자 한창 트롤의 시체를 씹고 있던 어스 드레이크의 밑에서 강력한 폭발이 있어났다.

콰광! 콰앙!

그리고 뒤를 이어 그들이 있던 곳의 뒤쪽 4㎞ 후방에서 무언가 날아가 어스 드레이크를 강타했다.

쒉에엑!

퍽! 퍽! 퍽! 퍽!

쎄엑! 쎄엑!

퍽! 퍽! 퍽!

쾅! 쾅! 쾅!

무엇인가 빠른 물체가 쉴 새 없이 날아가 어스 드레이크의 몸통과 머리에 틀어 박혔다.

그 뒤로 폭발음과 같은 충격파가 들리면서 어스 드레이크가 있던 자리에서는 흙먼지가 일었다.

그럼에도 후방에서 발사된 전차의 포탄은 계속해서 어스 드레이크가 있던 자리로 정확하게 날아들었다.

쾅! 쾅! 쾅! 쾅!

수백 발의 전차 포탄이 어스 드레이크에게로 날아가 박혔다.

그렇게 끝나지 않을 것만 같았던 전차포 사격이 끝나기까지는 불과 2분여밖에는 걸리지 않았다.

2분이라는 그 짧은 시간 동안에 3군단 제1연대 소속 28대의 K—2 전차는 자동장전장치에 들어 있던 16발의 포탄을 모두 쏟아 내고 뒤로 빠졌다.

이후 어스 드레이크의 전방 1km 지점에 숨어 있던 헌터 협회의 특무대 팀 유니콘의 제4전대와 제5전대는 군인들이 약속된 공격을 끝내고 뒤로 빠지자 아직 흙먼지도 가라앉지 않은 타깃에 달려들었다.

아무리 방금 전 K—2 흑표 전차의 전차포 사격이 엄청났다 해도, 재앙이라 할 수 있는 위험 등급 7등급의 어스 드레이크가 죽었을 것이라고 생각하는 사람은 아무도 없었다.

그저 어느 정도 대미지를 입혔기를 바라면서 달려가고 있는 것이었다.

하지만 전차 포탄 세례를 받은 어스 드레이크는 이런 헌터들의 예상을 깨고 포효했다.

크아아앙!

먹을 때는 개도 건드리지 않는다고 했던가? 하물며 개도 아닌 위험 등급 7등급의 거대 몬스터를 건드렸으니, 어스 드레이크는 화가 나서 거칠게 로어를 터뜨렸다.

"윽!"

"억!"

전차포 사격이 끝나기 무섭게 어스 드레이크에게 달려들던 헌터들은 갑자기 터진 어스 드레이크의 로어에 노출 되면서 억눌린 신음을 터트렸다.

이미 대비를 하고 있기는 했지만 예상보다 더욱 강력한 어스 드레이크의 로어에 헌터들은 신음을 흘리며 동작이 느려졌다.

그만큼 어스 드레이크가 터뜨린 로어의 힘은 강력했다.

쿵! 쿵!

흙먼지를 뚫고 한 걸음 앞으로 나온 어스 드레이크는 자신을 향해 달려오는 헌터들을 보며 갑자기 고개를 하늘 높이 들어 올렸다.

[브레스다. 피해!]

멀리서 헌터 협회의 특무대 팀 유니콘의 제4전대와 제5전대가 어스 드레이크를 향해 달려가고 있는 모습을 지켜보던 재식은 어스 드레이크가 고개를 높이 쳐드는 모습을 보고 경고를 했다.

이에 헌터들은 달리던 상태 그대로 뿔뿔이 흩어졌다.

하지만 일부는 너무 어스 드레이크에 정면으로 달려들다 보니 브레스가 뿌려지는 길목에 놓여 이를 피할 수가 없었다.

화르르륵!

"으악!"

미리 재식에게서 어스 드레이크에 대한 정보를 듣고 대비를 했었지만, 어쩔 수가 없었다.

죽은 헌터는 그저 재수가 없었을 뿐이었다.

하필이면 어스 드레이크가 내뱉은 브레스가 지나가는 곳의 정면에 있었던 것이 그의 불행이었다.

레이드 초기부터 벌써 희생자가 나왔다.

한 명 한 명이 찾아보기 힘든 각성헌터임에도 불구하고, 위험 등급 7등급의 어스 드레이크의 브레스는 그만큼 무시무시한 위력을 보여주었다.

"제길! 죽어라!"

자신의 부하가 어스 드레이크의 공격에 죽는 것을 지켜볼 수밖에 없었던 박용식은 고함을 지르며 각성한 초능력을 어스 드레이크에 쏟아부었다.

쩌저정!

마치 얼음판이 갈라지는 듯한 소음과 함께 새하얀 무언가가 어스 드레이크의 머리를 강타했다.

하지만 박용식의 아이스 속성 공격은 어스 드레이크의 머리에 하얀 서리만을 만들어냈을 뿐, 별다른 타격을 주지 못했다.

무려 7등급 헌터인 박용식의 속성 공격이었지만 상성이 너무도 좋지 못했다.

대지 속성을 가진 어스 드레이크에게 박용식의 냉기 속성은 역상성이라 별다른 타격을 주지 못했다.

그에 반해 그의 부하이자 제4전대의 부전대장인 강혁의 공격은 어스 드레이크에게 깊이 들어갔다.

퍽!

쿵!

금속 중에서도 강력한 강철을 속성으로 하고 있는 강혁의 공격은 한 방 한 방이 묵직했다.

강철 속성을 각성하고 포지션 또한 단단한 탱커인 그의 무기는 강력한 방패와 기병창인 랜스였다. 그는 방패로 공격을 흘린 후, 한 손에 쥐고 있던 랜스로 어스 드레이크를 공격했다.

그러나 어스 드레이크의 어그로를 끌기 위해 열심히 공격을 해봤지만, 좀처럼 어스 드레이크의 어그로를 잡지 못하고 헤매야 했다.

"제길! 날 봐, 날 보라고!"

강혁은 어스 드레이크가 자신을 돌아보게 만들기 위해 고함을 지르며 계속해서 랜스를 찔러댔다.

한편, 어스 드레이크의 뒤를 따라 왔던 재식은 어스 드레이크의 레이드가 시작되자 뒤쪽에서 대기하고 있었다.

혹시나 전차포 사격이 빗나가기라도 한다면 꽤나 위험할 위치였지만, 재식은 걱정하지 않았다.

재식이 걱정하지 않는 것은 우리나라 전차병들의 사격 실력을 잘 알고 있기 때문이었다.

타깃인 어스 드레이크보다 확연히 작은 표적에도 백발백중인 실력을 가진 이들이 우리나라의 전차병들이다.

그런데 타깃인 어스 드레이크는 사격 연습 시의 표적보다도 두 배나 큰 20m 길이에, 높이도 10m정도나 되었다.

그러니 전차 포수들이 맞추지 못하는 것이 더 어려운 일이었다.

그 때문에 재식은 어스 드레이크의 뒤에서 움직임을 포착한 후 전방에 자리를 잡은 헌터들에게 무전으로 알려주고 있었다.

하지만 상황은 재식을 그냥 쉬도록 내버려 두지 않았

다.

어스 드레이크가 시작부터 브레스를 사용했기 때문이다.

어스 드레이크의 브레스 공격으로 18명뿐이었던 헌터가 16명으로 줄어들었다.

전투는 해보지도 못한 채 두 명이나 어스 드레이크에게 달려들다 죽어버린 것이었다.

그나마 다행이라면 최수연이나 제5전대의 대원들은 무사했다는 것이었다.

"제길, 역시나……."

재식은 어스 드레이크와 헌터 협회 특무대 간의 전투 양상을 보며 작게 투덜거렸다.

그리고 몸을 숨기던 나무 뒤에서 나와 온몸에 마법을 걸었다.

"스트랭스, 헤이스트, 위저드 아이, 샤프 블레이드!"

자신이 할 수 있는 모든 버프 마법을 걸고 재식은 어스 드레이크를 향해 달려갔다.

그리고 달려가면서 또 다른 마법을 시전했다.

"익씨드 브리딩!"

달려가면서도 위저드 아이 마법을 통해 어스 드레이크가 피를 흘리는 것을 보고는 출혈 마법인 익씨드 브리딩 마법을 시전한 것이었다.

이 마법은 대상이 출혈을 하고 있어야 한다는 전제조건이 있었는데, 피를 흘리고 있는 대상에게 이 마법을 사용하면 상처에서 계속해 피를 흘렸다.

몬스터는 상위 개체로 올라갈수록 재생능력이 높아진다.

어스 드레이크는 재생력이 뛰어난 몬스터로서, 외상치료제의 원료가 되는 트롤보다도 회복 능력이 뛰어났다.

전차포 사격에 상처를 입기는 했지만, 그대로 두면 언제 상처를 입었냐고 할 정도로 회복을 할 터였다.

물론 아무리 몬스터라도 상처를 회복하는 데에는 에너지가 필요했다.

그 때문에 어스 드레이크는 상처 회복에 사용한 에너지를 보충하기 위해서라도 더욱 왕성한 폭식행위를 할 것이다.

하지만 재식은 어스 드레이크가 상처를 회복할 기회를 주지 않았다.

아니, 상처를 더욱 후벼 파듯 상처에 출혈 마법을 걸어버렸다.

크아악!

어스 드레이크는 갑자기 느껴지는 극통에 하던 행동을 잠시 멈추고 고통에 몸부림쳤다.

'지금이다.'

재식은 자신의 마법 공격을 맞은 어스 드레이크가 고통으로 몸부림을 치자, 그것을 기회라 생각하고는 조금 전보다 더욱 빠르게 어스 드레이크에 다가가 등 위에 올라탔다.

그 와중에도 헌터들은 최선을 다해 어스 드레이크에게 공격을 가하고 있었다.

그 때문에 종종 빗나간 공격이 재식의 주위를 지나갔다.

언뜻 보기에 위험하기는 했지만 재식은 모든 감각을 이용해 어스 드레이크의 등 위에서 빗나가는 헌터들의 공격을 피하면서 계속해 어스 드레이크의 머리를 향해 내달렸다.

타타타타!

"이얏!"

어스 드레이크의 목까지 달려간 재식은 힘찬 기합과 함께 뛰어 올라 어스 드레이크의 귀밑에 카타르를 찔러 넣었다.

재식이 다른 곳도 아니고 어스 드레이크의 귀밑을 찌른 이유는, 그곳이 단단한 비늘이 아닌 질긴 가죽으로만 이루어진 곳이기 때문이었다.

어스 드레이크는 콧등부터 꼬리 끝까지 단단한 비늘로 덮여 있었다.

그리고 헌터들이 공격하고 있는 배 부위는 등의 비늘보다는 못하지만 그래도 두터운 가죽으로 덮여 있어서 웬만한 공격에는 그리 큰 타격을 입지 않았다.

하지만 머리와 목이 연결되는 귀밑 부위는 별다른 대미지를 흡수할 만한 어떤 것도 없이 그저 근육을 감싸고 있는 얇은 가죽으로 덮여 있을 뿐이었다.

그러했기에 재식이 가장 먼저 그곳을 공격한 것이었다.

더군다나 재식의 카타르에는 달려들기 전부터 칼날을 더욱 날카롭게 해주는 샤프 블레이드 마법이 걸려 있었다.

그 때문에 일반적이라면 뚫지 못했을 어스 드레이크의 가죽을 쉽게 찢고 칼날을 피부 깊숙이 찔러 넣을 수 있었다.

크악! 크앙!

머리에서 느껴지는 고통에 어스 드레이크는 발광을 하듯 몸부림쳤다.

쿵! 쿵!

꽈악!

덜렁! 덜렁!

자신이 원하는 곳에 공격을 성공시키기는 했지만, 발광하는 어스 드레이크로 인해 재식은 중심을 잡지 못하고 떨어질 뻔했다.

이에 떨어지지 않기 위해서 그는 찔러 넣은 카타르를 힘껏 잡았다.

"후우! 후우… 아직 부족하지?"

재식은 마치 친구에게 장난이라도 치듯 어스 드레이크에게 말을 걸었다.

물론 말을 걸었다고 어스 드레이크에게서 대답을 들으려는 것은 아니었다.

휘익!

말이 끝나기 무섭게 재식은 어스 드레이크의 움직임에 맞

춰 곡예를 하듯 텀블링을 하면서 뛰어 올라 어스 드레이크
의 머리 위로 올라갔다.

휘휙!

자신의 머리 위에 무언가 올라앉은 것을 느낀 어스 드레
이크는 고개를 흔들어 재식을 떨어뜨리려고 시도했다.

하지만 재식은 놀랄 만한 균형감을 발휘하면서 어스 드레
이크의 머리에서 떨어지지 않은 채 반대쪽 귀밑을 공격했
다.

찌익!

이번에는 조금 전과는 다르게 깊이 찌르지 않고 목 근육
을 감싼 가죽을 찢으며 밑으로 미끄러지듯 내려왔다.

그러다 보니 어스 드레이크의 귀 뒤에서부터 턱밑까지 길
게 상처가 났다.

재식은 상처에 다시 한번 출혈 마법을 시전했다.

"익씨드 브리딩!"

크악악!

어스 드레이크는 헌터들의 공격보다 재식이 입히는 상처
와 연계로 시전되는 마법에 의해 심각한 고통으로 괴로워했
다.

"슬로우!"

재식은 헤이스트 마법의 정반대되는 마법인 슬로우 마법
을 걸고 연이어 또 다른 마법을 어스 드레이크에게 걸었다.

"블러드 핸드!"

상대를 느리게 만드는 슬로우 마법에 이어 시전한 블러드 핸드는 고통으로 자리를 피하려고 하는 어스 드레이크의 행동을 방해하기 위한 마법이었다.

슬로우는 이름처럼 어스 드레이크를 느리게 만들었고, 블러드 핸드는 이름에서도 알 수 있듯 피로 만든 손인데, 이 마법은 단순하게 피로 손을 만드는 것만이 아니라 피로 만들어진 손으로 대상을 그 자리에 묶는 마법이었다.

그리고 효과는 그뿐만이 아니었다.

블러드 핸드는 흑마법 중에 다크 핸드와 비슷하면서도 보다 한 단계 위의 마법이었는데, 단순히 붙잡는 마법인 다크 핸드와는 다르게 블러드 핸드는 제자리에 붙잡아 두는 것은 물론이고, 상대의 체력을 뺏는 마법이기도 했다.

크앙! 크앙!

쾅! 쾅!

어스 드레이크는 고통도 고통이지만 점점 몸 안에 있는 마력이 줄어드는 것에 다급함을 느끼며 발광했다.

어스 드레이크가 이곳 소리산 자연발생유원지까지 온 이유는 부족한 마력을 채우기 위해서였다.

예정보다 이른 시기에 나온 것 때문에 어스 드레이크는 원래보다 작은 크기로 지구에 오게 되었다.

뿐만 아니라 차원 게이트 안에서 마력을 충분히 흡수하여 심장의 마력을 키웠어야 했는데, 이른 시간에 브레이크가 벌어지는 바람에 이 또한 이루지 못했다.

이래저래 현재 어스 드레이크는 마력이 부족했다.

그래서 밖으로 나오자마자 적은 마력을 최대한 끌어 모아 로어를 터뜨린 것이었다.

외부에 있는 어떤 존재가 억지로 자신을 밖으로 끌어낸 것이라면 복수를 하기 위해서였다.

복수와 함께 부족한 마력을 채우기 위해서는 많은 마력이 필요했다.

다행이 밖으로 나와 보니 마력을 지닌 먹이들이 많았다.

하지만 주변에 있던 먹이를 먹었음에도 부족한 마력의 1/3도 채우지 못했다.

그래서 어스 드레이크는 바닥에 널린 놀이나 코볼트라도 먹을까 고민도 했었지만 그건 아니라는 생각이 들어서 일단 먼저 먹은 트롤이나 웨어울프에게서 얻은 마력을 소화시키기로 결정했다.

그러다 저 멀리 느껴지는 피 냄새 속에서 짙은 마력의 향기를 맡았다.

그것들만 모두 섭취 한다면 절반 이상을 채울 수 있을 것만 같았다.

하지만 멀리 떨어진 곳에서 갑자기 느껴진 마력의 향기에 의심도 하지 않고 달려온 것이 실수였다.

교활한 먹이(헌터)들은 그곳에 함정을 파두고 있었다.

만약 게이트를 나오자마자 부족한 마력을 보충하지 않았다면, 첫 번째 공격에서 엄청난 피해를 입고 브레스로 먹이들을 죽이지도 못했을 것이다.

하지만 아직도 마력이 남아 있어서 자신에게 덤벼들고 있는 먹잇감이 두렵지는 않았다.

오히려 자신을 향해 달려드는 먹이들이 풍기고 있는 마력의 향기를 느끼며 기뻐했다.

지금 자신에게 덤비고 있는 먹이들은 조금 전에 먹었던 것들 이상으로 많은 마력을 품고 있었다.

그렇지만 좋아하던 것도 잠시, 그 동안 인식하지 못했던 먹이 하나가 나타나 자신을 괴롭히기 시작했다.

느껴지는 마력을 보면 자신보다 약한 것이 분명했지만, 그래도 지금 자신을 공격하고 있는 먹이들 중에서는 가장 강했다.

그 때문에 어스 드레이크는 순간 선택을 해야 한다는 생각이 들었다.

도망칠 것인가, 아니면 끝까지 싸워 끝장을 볼 것인가.

어스 드레이크는 자신이 선택의 기로에 서있다는 것을 깨달았다.

소설들에는 대부분 드레이크가 무척이나 난폭하고 아둔하게 그려져 있지만, 사실은 그렇지 않았다.

마력도 사용할 줄 알고 수명도 긴 드레이크가 지능이 나쁠 것이란 것은 소설이 꾸며낸 허구일 뿐이었다.

드레이크는 본능이 강하지만 그렇다고 미련하지는 않았다.

자신이 죽을 것을 알면서도 무모하게 적과 끝까지 싸우는 어리석은 짓은 하지 않았다.

하지만 어스 드레이크는 다른 현명한 드레이크와는 다르게 현재 강제로 깨어난 것 때문에 반쯤은 본능대로 움직인다고 할 수 있었다.

부족한 마력을 보충해야 한다는 생각에 정확한 판단을 내리지 못하고 있는 것이었다.

그 때문에 어스 드레이크는 자리를 피하기보다는 자신보다 약한 먹이를 빨리 제압해 잡아먹기로 결정했다.

＊　　　＊　　　＊

'뭐가 이렇게 수월해?'

박용식은 위험 등급 7등급이면서 코드 레드로 명명된 어스 드레이크를 레이드 하면서 그런 생각이 들었다.

그는 헌터 협회의 직속 특무대 팀 유니콘의 제4전대장을 맡고 있으면서 그동안 대한민국과 수교한 제3세계의 많은 국가들을 돌아다니며 몬스터를 사냥해왔다.

주로 위험 등급 5등급 보스 몬스터 레이드나 6등급 이하의 몬스터 웨이브를 처리하는 데 파견을 나갔었다.

위험 등급 7등급의 몬스터는 지금까지 단 한 번도 경험을 하지 못했다.

그저 자료로만 넘겨받아 간접적인 경험만 있을 뿐이었다.

하지만 위험 등급이 위로 갈수록 그 몬스터를 레이드 하는 것이 얼마나 어려운 일인가는 굳이 위험 등급 6등급 이상의 보스 몬스터 레이드를 직접 하지 않고도 그런 간접 경험만으로도 충분히 알 수 있었다.

그런데 지금은 위험 등급 6등급 보스도 아니고 무려 위험 등급 7등급 보스 몬스터인 드레이크를 레이드 하고 있었다.

그것도 겨우 18명이 말이다.

그중 두 명은 레이드 시작 초기에 힘 한 번 써보지 못한 채 코드 레드가 토해낸 브레스에 의해 희생되었다.

그 때문에 잠시 혼란이 오기도 했지만, 뒤늦게 뛰어든 S급 헌터로 인해 어스 드레이크의 레이드가 순식간에 궤도에 오르며 생각보다 안정적인 레이드로 진행 되었다.

이 때문에 박용식은 물론이고, 어스 드레이크의 어그로를 잡지 못하고 헤매던 강혁도 손쉽게 어그로를 잡을 수 있었다.

강혁이 코드 레드의 어그로를 잡을 수 있었던 것은 재식이 그의 방패와 무기인 랜스에 마법을 걸어 주었기 때문이 었다.

재식은 그의 방패에는 상대를 유혹하는 차밍 마법을, 그리고 랜스에는 극심한 통증을 유발하는 세비얼 페인 마법을 걸어주었다.

그로 인해 강혁의 랜스 차지 한 방이 들어갈 때마다 어스 드레이크는 공격을 허용한 부위에서 극심한 통증을 느꼈다.

그래서 가장 큰 고통을 주는 강혁에게로 시선을 돌리지 않을 수 없었다.

게다가 공격을 할라치면 방패를 들어 방어를 했는데, 이때는 또 방패에 걸린 매혹 마법으로 인해 어스 드레이크는 공격 타이밍을 잃었다.

이 때문에 강혁은 생애 최초로 무려 위험 등급이 7등급 인 보스 몬스터를 탱킹 하면서도 안정적으로 그 일을 행하고 있는 중이었다.

더욱이 어스 드레이크의 탱킹은 강혁 혼자만 하는 것은 아니었다.

그가 속한 제4전대에는 강혁 말고도 한 명의 탱커가 더 있었는데, 그 또한 강혁이 받은 마법 중에 하나인 세비얼 페인 마법을 받고 있었다.

그런데 강혁은 두 가지 마법을 부여 받고 그는 하나의 마법만 부여받은 것은 그가 탱커이기는 하지만 방패와 랜스를 들고 방패를 이용한 방어를 통해 탱킹을 하는 전형적인 탱커가 아니었기 때문이었다.

하나의 마법만 부여받은 그는 두 자루의 칼을 이용해 대상에게 연속적인 대미지를 입히며 몬스터의 공격을 회피하면서 어그로를 잡는 회피형 탱커였다.

즉, 방패 없이 무기만 두 자루를 쥐고 있기에 굳이 무기에 매혹 마법인 차밍 마법을 걸 이유가 없었던 관계로 재식은 그의 칼 두 자루에 세비얼 페인 마법을 걸어주었다.

비록 그는 두 개의 무기로 더 많은 통증을 유발하고 있기는 했지만 헌터 레벨도 강혁에 비해 낮고 또 상성 또한 어스 드레이크와 같은 대지 속성이다 보니 공격에 추가 대미지가 없어서 강혁보다 어그로를 끄는 것이 힘들었다.

만약 재식이 무기에 마법을 걸어주지 않았다면 아마도 그는 탱커로서의 역할을 수행하지 못했을 뿐만 아니라 근접 딜러 역할도 쉽지 않았을 것이다.

그리고 만약 그런 상황이 계속 되었다면 아무리 속성에서 우위를 점하고 있다고는 해도 일단 체급에서 차이가 컸기에 강혁도 오래도록 탱킹을 하지는 못하고 무너졌을 터였다.

쾅!

"나를 봐!"

강혁은 어그로 잡기가 수월해지자 적극적으로 어스 드레이크의 시선을 끌기 위해 나섰다.

그런데 이렇게 강혁처럼 재식의 도움으로 큰 활약을 하는 헌터가 있는가 하면, 어스 드레이크와 상성이 좋지 못해 애를 먹고 있는 헌터도 많아서 어스 드레이크의 레이드는 잘 진행이 되는 듯 보이면서도 뭔가 답답함을 유발하고 있었다.

"휴우……."

타닥!

재식은 헌터들에게 필요한 마법을 걸어주면서 또 틈이 보이면 어스 드레이크를 공격했다.

그리고 어스 드레이크의 공격이 자신에게로 향하려고 할 때면 다시 몸을 뒤로 빼내 어그로가 틀어지는 것을 방지했다.

"후흡 하!"

뒤로 빠진 재식은 크게 심호흡을 했다.

S급의 6등급 헌터가 되었기에 해볼 만하다 생각했던 어스 드레이크 레이드는 생각만큼 쉽지는 않았다.

기분만으로는 분명 헌터 협회에서 나온 헌터들의 도움을 조금만 받으면 할 수 있을 것 같았는데, 실전은 그게 아니었다.

어스 드레이크의 비늘은 재식의 예상 이상으로 단단했으며, 체력이나 마력도 상상 이상으로 강했다.

그러다 보니 재식이 아무리 자신의 무기인 카타르에 마법을 걸고 상처를 내봐야 잠시 뿐이었다.

재식의 공격에 고통스러워하면서도 어스 드레이크는 금방 정신을 차린 후 헌터들을 공격했고, 또 재식을 찾아 공격하려고 했다.

그 과정에서 한 명이 죽고 두 명이 부상을 당해 전장에서 이탈하게 되었다.

사실 죽은 헌터도 죽지 않을 수 있었는데, 레이드가 생각보다 어렵지 않다고 생각한 나머지 어스 드레이크에 너무 들이대다 기습적인 꼬리 공격을 받고 그 힘을 감당하지 못해 즉사를 한 것이었다.

만약 중상 정도로 그쳤다면 뒤에서 대기하고 있던 신초롱이나 자신이 속한 제4전대의 힐러에게 치료를 받고 부상 정도로 그칠 수도 있었겠지만, 방심을 한 탓이 컸다.

어스 드레이크의 꼬리 공격은 6등급 몬스터 중에서 힘이라면 보스 몬스터인 사이클롭스와도 비견되는 오우거의 몽둥이질보다도 강력했다.

그 때문에 어스 드레이크의 꼬리에 맞는 순간 그 헌터는 온몸의 뼈가 으스러지면서 내부 장기들이 파열되었다.

그중에는 심장도 있어서 즉사를 한 것이었다.

그렇게 최초 18명의 헌터 중에 처음 어스 드레이크의 브레스 공격에 두 명이 죽고, 또 레이드 도중 꼬리 공격에 직격당해 사망한 한 명과 부상을 당한 두 명, 이렇게 총 다섯 명이 레이드에서 리타이어 되었다.

재식은 숨고르기를 하기 위해 잠시 전장에서 벗어나 심호흡을 하는 한편, 어스 드레이크와 헌터들의 움직임을 유심히 살폈다.

코드 레드는 아무리 다 자란 성체가 아니기는 하지만 무슨 이유에서인지 알고 있던 드레이크보다 체력이나 마력이 적었다.

그렇기에 6등급 이상의 고위 헌터들로 구성된 헌터 협회의 특무대 제4, 제5전대가 위험 등급 7등급으로 분류되는 어스 드레이크를 적은 인원으로도 상대할 수 있는 것이었다.

만약 지금 레이드를 하고 있는 어스 드레이크가 재식이 알고 있는, 아니 챠콥의 기억에 있는 다 자란 성체였다면, 아무리 재식이 헌터들을 도와주었다 해도 레이드는 순식간에 종말을 맞이했을 것이다.

최초 군의 전차포 사격에서도 상처 하나 입지 않았을 것이 분명했다.

그도 그럴 것이, 동급의 몬스터인 거미여왕이나 일본의 야마타노 오로치를 레이드 할 때에는 현대의 재래식 무기는 그것들에게 아무런 소용이 없었다.

그저 돈 낭비일 뿐이었다.

그리고 거미여왕이나 야마타노 오로치의 경우, 몇 백 명에 이르는 헌터들이 동원되었지만 결국 레이드에 실패를 했었다.

만약 7등급 헌터인 백강현이 S급으로 각성하지 못했다면 아마도 그 또한 레이드를 실패했을 것이다.

그런데 현재 거미여왕이나 야마타노 오로치와 동급으로 분류되는 어스 드레이크를 맞아 레벨도 낮고 레이드를 하는 인원도 적은 상태에서 헌터들은 재식의 도움으로 큰 위기 없이 레이드를 진행하고 있었다.

비록 약간의 희생이 있기는 했지만 이 정도면 선방을 한 것이라 할 수 있었다.

그리고 이들에게 희소식은, 조금 뒤면 대형 헌터 길드에서 파견된 헌터들이 도착한다는 것이었다.

아무리 그들이 일부러 시간을 죽이며 천천히 오고 있기는 해도 서울에서 이곳 양평까지는 한 시간도 걸리지 않는 거리였기에 10여 분 뒤면 도착을 해서 레이드에 합류하게 된다. 그렇게 된다면 지금보다 편한 레이드를 할 수 있을 것이었다.

'그러고 보니 나도 마력을 너무 많이 소비했으니 보충을 좀 해야겠다.'

아닌 게 아니라 숨을 고르던 재식은 자신이 가지고 있던 마력이 너무 많이 줄었다는 것을 깨달았다.

재식이 이렇게 활약을 할 수 있었던 것은 다른 헌터들에 비해 월등히 많은 마력 보유량 때문이었다.

그리고 헌터들이 안정적으로 위험 등급 7등급의 어스 드레이크 레이드를 하는 것도 재식이 적절히 마법을 걸어주고 또 위험할 때면 어스 드레이크의 시선을 뺏어 주었기에 가능한 것이었다.

그런데 여기서 재식이 마력 관리를 실패하면 어떻게 되겠는가. 레이드는 큰 위기에 봉착할 것이 분명했고, 재식 본인 또한 위기에 처할 수 있었다.

다행이라면 재식이 이것을 인지했고, 또 마력을 보충할 수단이 있다는 것이었다.

그 수단은 바로 상처를 입은 어스 드레이크에게서 마력을 빼앗아 보충하는 방법이었다.

재식은 예전에 북한산 몬스터 필드에서 다이어 울프의 피로 마력을 흡수한 것처럼 어스 드레이크의 피로 마력을 보충할 생각이었다.

그렇게 마력을 보충하는 것은 레이드에도 큰 도움이 되는 방법이었다.

재식은 마력을 보충하고 반대로 어스 드레이크는 마력을 빼앗기니 일석이조인 셈이었다.

"그럼 가볼까!"

머릿속에 계획이 선 재식은 눈을 반짝이며 어스 드레이크에게로 향했다.

물론 어스 드레이크에게 가기 전, 다시 한번 온몸에 마법을 걸었다.

아무리 마법이라고는 해도 효과가 영원한 것은 아니었다.

자신의 몸에 건 마법은 모든 마력을 다 소진하거나 중간에 마력 공급을 중단하면 효과가 사라졌다.

재식은 잠시 숨고르기를 하기 위해 뒤로 빠졌던 터라, 굳이 마력을 소비할 이유가 없어서 잠시 공급을 중단하고 있었다.

그러니 다시 전투에 뛰어드는 상황에서는 맨몸으로 뛰어들 수는 없었기에 다시 마법을 몸에 걸었다.

재식이 그렇게 다시 레이드 현장으로 뛰어들면서 처음으로 한 일은 어스 드레이크에 대한 공격이 아니라 다시 한번 다른 헌터들에게 필요한 마법을 걸어주는 것이었다.

본인의 몸에 거는 마법은 조금 전에도 설명을 한 것처럼 계속해서 마력을 공급하면 효과가 지속되지만 타인에게 걸어준 마법은 그렇지 않았다.

마법에 들어간 마력 자체가 달랐기에 타인에게 걸어준 마법은 마법이 걸린 대상의 마력이 아닌 시전자의 마력을 사용하여 그 효과가 나타났다.

그러다 보니 처음 시전했던 마력이 다 소모되면 마법도 사라지는 것이다.

그러니 재식이 레이드 현장에 합류를 하면서 마법 효과가 사라지기 전에 헌터들에게 다시 마법을 걸어준 것이었다.

"세비얼 페인!"

탱킹을 하는 강혁과 또 다른 헌터에게 마법을 걸어준 후 재식도 다시 어스 드레이크에게 달려들었다.

"익씨드 브리딩!"

아무리 재식이 마법으로 도움을 주었다고는 하지만 탱커가 무한정 어스 드레이크의 공격을 막아낼 수는 없었다.

그래서 탱커가 힐러에게서 치료받을 시간을 벌어줘야 할 때도 있었다.

그럴 때면 재식은 탱커 대신 어그로를 끌기 위해 어스 드레이크가 가장 고통스러워할 마법을 상처에 걸었다.

그렇게 하면 재식이 탱커가 아님에도 불구하고 어스 드레이크는 자신에게 큰 고통을 준 재식을 찾아 탱커에게서 눈을 돌렸다.

그렇게 탱커에게 시간을 벌어줄 때면 재식은 어스 드레이크의 공격을 받아야 했지만, 결과는 그렇지 않았다.

재식이 언제나 어스 드레이크가 공격하기 힘든 등이나 목 부위에 자리를 잡고 있었기 때문이었다.

그리고 자신의 마력이나 체력이 떨어지고 또 상처를 입게 되면, 그 자리에서 마력을 보충하고 체력을 회복하기 위해 어스 드레이크를 대상으로 라이프 드레인이나 블러드 드레인 마법을 이용해 상처와 체력, 그리고 마력을 보충했다.

그리고 간간히 어스 드레이크가 상처를 치료하는 것을 방해하기도 했다.

이렇게 재식과 헌터 협회 특무대인 팀 유니콘 제4, 그리고 제5전대가 어스 드레이크 레이드를 하고 있을 때, 드디어 헌터 길드에서 파견된 헌터들이 도착했다.

9. 혼돈

쿵! 쿵! 쿵!

크아앙!

파지직!

퍽! 퍽!

코드 레드로 명명된 어스 드레이크의 레이드는 예상보다 길어지고 있었다.

레이드를 시작한 지 벌써 두 시간이 되어 가고 있었지만 레이드가 끝날 기미는 보이지 않았다.

물론 두 시간이란 시간은 이전에 있었던 위험 등급 7등급 몬스터들의 레이드 시간과 비교하면 그렇게 긴 시간은 아니었지만, 처음부터 어스 드레이크와 싸움을 했던 재식이나 팀 유니콘 제4, 제5전대에게는 그렇게 느껴졌다.

어스 드레이크 레이드는 대형 길드에서 파견된 고위 헌터들이 도착해 레이드에 합류하기 전에도 지금과 비슷한 양상이었다.

안정적인 탱킹과 어그로 관리, 그리고 딜링까지. 마치 톱니바퀴가 맞물려 돌아가듯 부족함 없이 잘 이루어졌다.

그 때문에 위험 등급 7등급 보스 몬스터 레이드를 처음 경험하면서도 이들은 너무도 잘 이루어지는 진행에 고무되어 레이드가 일찍 끝날 줄 알았다.

하지만 그런 낙관적인 예상은 보기 좋게 빗나갔다.

아무리 강제로 게이트 브레이크가 일어난 탓에 제대로 마력을 흡수하지 못해서 성체가 아닌 다 자라지 못한 새끼이기는 했지만 드레이크는 드레이크였다.

자신이 어째서 위험 등급 7등급으로 분류되는 몬스터인지 알려주기라도 하듯, 물경 500여 명에 이르는 헌터들의 공격에도 불구하고 어스 드레이크는 오히려 이전에 재식과 유니콘 제4, 5전대 연합의 공격을 받을 때보다도 더욱 왕성히 헌터를 상대하고 있었다.

끄아앙!

앞발과 날카로운 이빨이 있는 주둥이, 그리고 거대한 굵기의 꼬리 공격에 헌터들은 어스 드레이크에게 제대로 된 공격도 하지 못한 채 오히려 희생자만 늘어나고 있었다.

그런데 일이 이렇게 된 데에는 다 이유가 있었는데, 처음 이곳에 도착한 대형 길드의 헌터들이 재식과 유니콘 제4, 5전대 13명(18명 중 사상자 5명)이 레이드를 하는 모습을 보고 어스 드레이크를 쉽게 생각해 제대로 된 계획도 없이 달려들었기 때문이었다.

이에 도움은 고사하고 오히려 재식과 유니콘 제4, 5전대의 동선을 가로막는 바람에 위험해 처할 뻔한 순간도 있었다.

물론 그것은 대형 헌터 길드에서 나온 헌터들이 일부러 방해를 한 것이었다.

재식과 유니콘 제4, 5전대가 어스 드레이크를 쉽게 상대하는 것에 욕심이 생긴 헌터들은 어스 드레이크를 먼저 레이드 하고 있던 헌터 협회 직할 헌터가 보스 몬스터를 레이드 하게 되면 자신들에게 떨어지는 것이 적어질 것을 염려해 이를 방해하고 자신들이 레이드를 하여 더 많은 것을 가져가려고 했다.

하지만 어스 드레이크는 그리 만만한 존재가 아니었다.

어스 드레이크는 이미 헌터들이 불협화음을 내고 있다는 것을 알아챘고, 지금까지 자신을 괴롭히던 재식이나 유니콘 제4, 5전대를 상대하기보다는 새롭게 나타난 헌터들 속으로 뛰어들었다.

13명을 상대하는 것보다 새롭게 나타난 500여 명의 헌터를 상대하는 것이 자신에게는 더 유리하다는 판단을 내린 것이었다.

실제로도 어스 드레이크가 500여 명의 헌터 속으로 들어가자 재식과 유니콘 제4, 5전대는 할 일이 없어졌다.

그들이 뛰어들어 어스 드레이크를 공격할라치면 어느새 나타난 헌터들로 인해 공격루트가 가로막혔다.

참으로 이런 쪽으로는 손발이 잘 맞는 대형 길드의 헌터들이었다.

그러나 욕심만 앞서서 자신들이 상대해야 할 몬스터에 대해 주의하기보다는 눈으로 본 결과만을 확신하고 어스 드레이크를 상대하는 헌터들이다 보니 제대로 된 대미지를 주는 헌터도 별로 없었고, 또 재식이 도와주질 않으니 어그로 또한 엉망이었다.

분명 동원령으로 인해 길드에서 출발하기 전에 어스 드레이크의 위험 등급이나 속성과 습성을 들었을 것이지만 자만심에 빠진 헌터들은 이를 신경 쓰지 않았다.

그러니 당연히 희생자가 나오기 시작했고, 그때서야 헌터들은 자신들이 상대하는 어스 드레이크가 여기 도착해서 처음 본 것처럼 쉬운 몬스터가 아님을 깨달았다.

하지만 때는 이미 늦은 후였다.

희생된 헌터는 어스 드레이크의 뱃속으로 들어가 시신도

찾을 수 없게 되었다.

동료의 죽음에 눈이 돌아간 헌터들은 두려움과 공포, 그리고 복수심에 점점 미쳐갔다.

그러다 보니 이들은 몬스터 레이드를 하는 것인지 그냥 닥치고 몬스터에게 돌격을 하는 것인지 더욱 분간할 수 없을 정도로 난잡한 움직임을 보여주었다.

그나마 희생이 크게 늘어나지 않은 것은, 지친 유니콘 제4, 5전대가 쉴 수 있는 시간을 벌어줄 수 있는 존재가 그들이었기에 재식이 잠시 뒤로 물러나 위급한 헌터들에게나마 간간히 도움을 주고 있었기 때문이었다.

끄아악!

"죽여!"

"죽어라!"

쾅! 쾅!

파지직!

정말 아수라장이 따로 없었다.

헌터들과 어스 드레이크의 싸움을 지켜보던 재식은 그저 한숨만 나왔다.

처음 도착했을 때, 그저 자신들의 보조만 잘해주었어도 레이드는 쉽게 끝날 수 있었다.

그런데 헌터들이 유니콘 제4, 5전대의 동선을 망가뜨리면서 레이드가 힘들어졌다.

어스 드레이크는 자신이 죽인 헌터의 시체를 먹은 후 마치 게임 속에서 유저들이 물약을 먹고 상처를 회복하듯 서서히 상처를 회복하고 있었다.

뿐만 아니라 상처가 줄어드니 움직임 또한 점점 빨라져 이제는 재식도 빈틈을 찾기가 쉽지 않았다.

이는 이 자리에 있는 헌터 중에 재식이 자신에게 가장 위협적인 존재라 인식한 어스 드레이크가 재식을 주시하면서 그리 된 것이었다.

아직 다 자란 어스 드레이크가 아님에도 불구하고, 어스 드레이크는 가장 위험한 단계를 표시하는 코드 레드에 참으로 어울리는 적응력을 보이고 있었다.

크앙!

퍽!

"으악!"

짧게 터뜨린 어스 드레이크의 로어는 넓게 퍼지지 않고 반경 30m 내에 있는 헌터들만 꼼짝 못하게 만들었다.

이미 어스 드레이크의 로어 공격을 경험한 재식과 유니콘 제4, 5전대는 어스 드레이크가 로어를 터뜨리려는 조짐이 보이자 미리 대비를 했지만, 헌터 길드에서 나온 헌터들은 경험이 부족하다 보니 어스 드레이크의 사전 동작이 어떤 의미를 가지고 있는지 예상하지 못해 그대로 당해버렸다.

자신의 로어에 굳어진 헌터들을 어스 드레이크는 그냥 두지 않았다.

건물의 기둥과도 비슷한 꼬리를 이용해 마치 채찍처럼 휘둘러 굳어진 헌터들을 공격했다.

퍽!

"으악!"

"으악!"

10여 명의 헌터가 어스 드레이크가 휘두른 꼬리에 맞아 날아갔다.

그렇게 어스 드레이크의 꼬리 공격에 적중된 헌터는 뒤로 20여 미터나 날아가 버렸다.

보나마나 온몸의 뼈가 으스러져 즉사했을 터였다.

"그쪽으로 가지 못하게 막아!"

어스 드레이크가 죽은 헌터들이 있는 쪽으로 이동하자 헌터들은 다급히 소리쳤다.

죽은 헌터의 시체를 먹기 위해 그곳으로 움직인 것이기 때문이었다.

이미 몇 차례 같은 일이 반복되고, 또 그 뒤로 어스 드레이크의 움직임이나 공격력이 강력해지는 것을 경험한 헌터들은 누가 먼저랄 것도 없이 어스 드레이크가 헌터의 시체가 있는 곳으로 가지 못하도록 막았다.

그리고 일부 헌터는 헌터들의 시체를 어스 드레이크가 닿지 못하는 곳으로 옮겼다.

이는 어스 드레이크의 먹이가 되어 놈이 더욱 강력한 몬스터로 변하는 것을 막는 한편, 죽은 헌터지만 시체라도 가족의 품으로 돌려보내야 한다는 의식 때문이었다.

＊　　　＊　　　＊

한편, 우왕좌왕하면서 자신들이 다 빼놓은 어스 드레이크의 힘을 회복하게 만들어준 헌터들의 모습을 지켜보던 재식은 더 이상 이대로 놔두었다가는 더욱 위험해질 것 같다는 판단하에 최수연을 찾아갔다.

"누나!"

"응? 왜?"

한창 어스 드레이크를 공격하고 있던 최수연은 느닷없이 자신을 부르는 재식의 목소리에 놀라서 물었다.

"이대로는 가망이 없을 것 같아요."

"하지만……."

재식이 무슨 말을 하려는 것인지 잘 알고 있던 최수연은 말을 하다 말고 입술을 깨물었다.

그녀도 지금의 상황이 좋지 못하다는 것은 잘 알고 있었다.

하지만 어쩔 수가 없었다. 서울에서 출발할 때 어떤 말을 듣고 왔는지는 모르겠지만, 이미 헌터들의 눈이 욕심으로 뒤집혀 있어서 어떤 말을 해도 듣지 않을 것 같았다.

그러니 그녀로서도 어쩔 수 없이 헌터들과 함께 무작정 공격을 하고 있는 중이었다.

"차라리 헌터들이 도착하기 전의 상황이 더 좋았어요."

재식은 인상을 쓰며 어스 드레이크를 돌아보았다.

아닌 게 아니라 어스 드레이크는 시간이 갈수록 힘이 떨어지는 것이 아니라 오히려 죽은 헌터들을 잡아먹으면서 강해지고 있었다.

하지만 그와 반대로 헌터들은 점점 지쳐가고 있었는데, 이대로 가다가는 어스 드레이크가 위험 등급 7등급 본래의 힘을 되찾을 것 같았다.

만약 저 앞에 있는 어스 드레이크가 작년 일본에서 성신 길드에게 잡힌 야마타노 오로치만큼의 능력을 가지게 된다면 어떤 상황이 펼쳐질 지 예상조차 할 수가 없었다.

혹자는 야마타노 오로치를 잡은 성신 길드도 있고, 또 성신 길드의 길드장인 백강현 이전에 벌써 7등급이면서 S급 헌터로서 활약을 했던 무신과 뇌신이 있는데, 무슨 걱정이냐고 할 수도 있다.

그렇지만 현실은 그렇게 녹록치 않았다.

야마타노 오로치를 잡은 성신 길드와 길드장 백강현은 현재 일본에서 주로 활동을 하고 있었다.

성신 길드가 급격히 성장을 하자 국내에서 성신 길드에

대한 견제가 이전보다 더욱 심해졌기 때문이었다.

특히나 성신 길드가 커지는 데에 가장 큰 영향을 미친 것은 일본 국적의 헌터들이 대거 성신 길드에 유입된 것이었는데, 이러한 이유로 그러한 견제는 더욱 커져갔다.

혹시나 성신 길드가 일본의 헌터들을 앞세워 국내 헌터 산업을 장악하려는 것은 아닌가 하는 의심을 했기 때문이었다.

이전부터 성신 길드의 몬스터 필드에서의 갑질이나 던전 독점은 말이 많았었다.

그러다 보니 성신 길드는 비좁은 국내에서 다른 헌터 길드들의 견제를 계속해서 받기보다는 자신들에게 유화정책을 펴고 있는 일본에 더욱 집중해 활동을 하는 중이었다.

그 때문에 만약 일이 잘못되어 위험 등급 7등급의 보스 몬스터가 한반도에 나타난다 해도 성신 길드가 막아줄 것이란 생각은 접는 것이 좋았다.

그리고 다른 대안으로 언급되는 무신이나 뇌신의 경우 또한 쉽지가 않았다.

국내 원탑의 헌터 길드인 화랑의 수장 무신 이용진의 마지막 활동은 벌써 5년이나 지난 일이었다.

그 뒤로는 그가 어디서 어떤 몬스터를 잡고 있는지 알려진 것이 전혀 없었다.

게다가 화랑 길드에서는 벌써 길드장인 이용진이 오지 어디선가 홀로 몬스터 헌팅을 하다가 위험 등급 6등급 이상의 보스 몬스터와 조우하여 전투를 벌이다 사망했을 것이라 보고 부길드장인 마지운을 잠정적인 길드장으로 여기고 있었다.

그런데 여기서 문제가 발생했다.

원래 화랑 길드는 군 특수부대 출신들로서 정부가 예산을 편성해 만든 길드였다.

그 때문에 초기에는 헌터 협회가 헌터들을 모집하여 몬스터 공격대를 만들기 전까지 그 역할을 화랑 길드에서 담당했다.

그리고 팀 유니콘과 같은 직할 헌터 전대가 만들어진 뒤에도 둘은 합동 레이드도 같이하고 관계가 좋았다.

하지만 시간이 흐르고, 화랑 길드 내부에서도 점차 헌터 길드이면서 너무 정부의 눈치를 보는 것이 아니냐는 이야기가 나오기 시작했다.

그리고 그런 여론의 뒤에는 언제나 마지운 부길드장이 포진하고 있었다.

예전에야 군인이었기에 국가에 충성하고 국민을 지킨다는 생각으로 적은 박봉에도 불구하고 명예를 먹으며 살아갔지만, 전역을 하여 헌터가 된 마당이니 그에 맞는 본분을 찾자는 목소리가 시간이 흐르면서 높아졌다.

그러니 헌터로서 자리를 잡고 가족을 생각해야 하지 않겠냐는 마지운 부길드장의 뜻을 따르는 헌터가 점점 늘어나기 시작했다.

다만, 길드장인 무신 이용진이 자리를 지키고 있었기에 부길드장인 마지운도 말을 조심했다.

그런데 5년 전에 갑자기 무신 이용진이 종적을 감췄다.

그의 행적은 국내는 물론이고, 외국 어디에서도 찾을 수가 없었다.

그렇게 화랑 길드의 길드장인 무신 이용진이 실종된 후에도 2년 정도는 화랑 길드도 어떠한 움직임도 없이 조용했다.

하지만 3년째가 되던 어느 날부턴가 화랑 길드의 행보가 바뀌었다.

이전에는 군부 출신이고 또 헌터 길드를 세웠던 자금의 출처가 정부이다 보니 정부를 대변해 많은 일을 해왔다.

그렇지만 무신 이용진이 종적을 감추고 3년이 지난 뒤로, 화랑 길드는 일반 헌터 길드와 같은 행보를 걸어갔다.

철저히 길드에 이익이 되는 일만 하게 되었고, 예전이라면 조금 손해를 보더라도 공익을 위해 나섰지만 이제는 더이상 그러지 않았다.

그게 국내 1위 길드의 의무라 생각하던 일도 더 이상 하지 않았다.

오로지 이득이 있는 곳에서만 철저하게 능력을 사용했다.

이제 국내 헌터 길드 랭킹 1위인 화랑 길드는 더 이상 예전의 명예롭던 화랑이 아니었다.

그러니 남은 것은 뇌신 김현성 뿐이었다.

김현성은 현재도 활동하고 있는 두 명의 S급 헌터 중 한 명이고, 국내에 있었다.

그렇지만 뇌신 김현성 또한 7등급 보스 몬스터가 날뛰더라도 당장에 그것을 막을 수는 없었다.

현재 김현성은 심각한 부상으로 인해 치료를 받고 있었다.

만약 그렇지 않았다면 최수연의 지시로 사무장인 최무식이 헌터 협회에 어스 드레이크의 출현을 알리자마자 이곳에 왔을 것이었다.

하지만 그는 오지 않았다. 그저 헌터 동원령을 내려 6등급 이상 헌터 라이선스를 가지고 있는 고위 헌터들을 이곳에 보낸 것이 전부였다.

그 결과가 지금의 이것이었다.

잡으라는 몬스터를 잡지 못하도록 방해해서 결국 이 지경을 만들어 놓았다.

이러한 사정을 대략적으로 최수연을 통해 들어서 잘 알고 있던 재식이었다.

"지금도 보세요. 저기 화랑을 비롯해 10대 길드에서 나온 헌터들 중에 제내로 집중해서 코드 레드를 상대하는 헌터가 있나!"

재식은 억지로 화를 참으며 말을 했다.

그러면서도 다른 헌터들이 효과는 별로지만 지속적으로 어스 드레이크를 공격하고 있는 것과는 달리, 헌터들의 뒤쪽에 자기들끼리 모여 어스 드레이크를 공격하는 척만 하는 10대 길드의 행태를 인상을 쓰며 지켜보았다.

아닌 게 아니라 주력이 일본에서 활동하고 있는 성신 길드를 뺀 다른 10대 길드에서 파견된 헌터들은 대부분이 어스 드레이크와는 떨어진 뒤쪽에서 다른 헌터들이 어스 드레이크를 공격하고 있는 것을 구경만 하고 있었다.

간간히 공격을 하는 것도 같았지만 그것은 모두 다른 사람의 시선을 의식한 흉내일 뿐이었다.

다른 사람들은 모두 어스 드레이크에 신경을 쓰느라 이를 눈치 채지 못하고 있었지만 재식은 아니었다.

유입된 헌터들로 인해 공격로가 방해를 받자 2선으로 빠지면서 보게 된 것이었다.

*　　　　*　　　　*

재식은 코드 레드로 명명된 어스 드레이크 레이드가 힘들어진 원인으로 가장 먼저 헌터들의 욕심을, 그리고 두 번째로는 비협조를 꼽았다.

그리고 세 번째로는 태업이었다.

지금도 일부 헌터 길드에서 나온 헌터들은 뒤에서 어스 드레이크를 레이드 하는 흉내만 내고 있었다.

그들은 레이드 초반이니 굳이 힘을 써봐야 에너지 낭비일 뿐이고, 다른 헌터들이 몬스터의 체력을 깎아 놓으면 나중에 자신들이 결정타를 넣고 맛난 결실만 챙기겠다는 심산이었다.

그리고 이런 일은 실제로 빈번하게 일어났다.

위험 등급 7등급까지는 아니더라도 종종 위험 등급 6등급 보스 몬스터나 5등급 보스 몬스터가 던전에서 나올 때가 있었다.

이때는 던전을 담당하던 헌터 길드 하나만으로는 처리할 수 없을 때가 많았다.

일반 등급 몬스터와 보스 몬스터는 같은 등급이라도 그 객체가 가진 능력이 하늘과 땅 차이만큼이나 갭이 크기 때문이었다.

그렇기 때문에 이런 경우에는 헌터 협회에 신고를 했는데, 자신들만으로는 보스 몬스터를 레이드 해봐야 피해만 커지기에 헌터 길드로서는 어쩔 수 없이 손해를 감수하고서라도 구원요청을 하는 것이었다.

그러면 헌터 협회에서는 직속 헌터 공대를 파견하거나 여의치 않을 때는 다른 헌터 길드에 공문을 보내고 레이드 공지를 띄웠다.

5등급 이상의 보스 몬스터를 레이드하면 얻어지는 수익이 엄청났기 때문에, 공문을 받은 길드 중에서 여유가 되는 헌터 길드에서는 바로 적절한 헌터 공대나 파티를 파견했다.

이렇게 많은 헌터 길드가 모이게 되면 헌터 협회에서 나온 직원이 교통정리를 했는데, 일단 기본 원칙은 협동이었다.

아무리 헌터가 많아도 질서가 무너지면 엄청난 사상자를 내기 때문이었다.

그렇기에 손발이 잘 맞는 공대나 파티를 하나의 단위로 묶어 레이드 계획을 수립했다.

그런데 대형 길드들은 이럴 때 자신들의 영향력을 이용해 이득을 취했다.

언제나 그런 것은 아니지만 대체로 대형 길드나 그 해당 레이드에서 가장 규모가 큰 헌터 길드의 경우에는 대체로 후반에 힘을 썼다.

말로는 한꺼번에 레이드를 할 수가 없으니 순차적으로 몬스터와 싸우고, 몬스터의 힘이 빠졌을 때 화력을 집중해서 몬스터에게 결정타를 날리기 위해서라고 했지만, 사실은 그렇지 않았다.

누가 뭐라 해도 몬스터 레이드에서 가장 큰 이득을 보는 것은 몬스터를 잡은 헌터나 길드였다.

그 말인즉슨, 마지막으로 몬스터의 목숨을 끊는 곳이 돈뿐만 아니라 스포트라이트를 받는다는 것이었다.

한 마디로 돈도 받고 길드 홍보도 할 수 있어서, 최대한 자신들의 힘을 아꼈다가 마지막에 가서 힘을 쏟았다.

이런 관행이 이어지다 보니 지금에 와서도 나라에 큰 위기가 닥칠지도 모르는 상황에서도 이렇게 자신들의 이득을 쫓고 있었다.

재식은 그게 못마땅했다.

몬스터 레이드는 똑같이 위험을 무릅쓰고 해야 하는 일이었다.

그런데 누구는 죽을힘을 다해 목숨을 걸고 몬스터와 싸우는데, 누구는 대형 길드에서 나왔다는 이유 하나만으로 뒤에서 팔짱끼고 쉬고 있다가 많은 헌터들이 희생을 해서 몬스터의 힘과 체력을 깎아 놓으면 그제야 뒤늦게 나타났다.

그러고는 마치 자신들이 모든 것을 해결한 것처럼 뻔뻔스럽게 말을 하는 대형 길드의 행태가 마음에 들지 않아 재식은 이를 바로잡기를 원했다.

"바디 캠과 헌터 브레슬릿에 기록된 것을 바탕으로 공평하게 이득을 분배하기로 하죠."

예진에도 이런 이야기는 종종 나왔었다.

하지만 대형 길드들의 집난 반발에 흐지부지 되었었다.

이는 대형 길드가 단순히 규모가 큰 헌터 집단이 아닌 그 뒤에 대한민국의 경제를 쥐고 있는 거대 기업들이 있기 때문이었다. 또한 그들과 손을 잡은 정치인들 때문에 그러한 안건이 나올 때마다 부결되었다.

재식은 이번에는 무슨 일이 있더라도 이 안건을 관철시켜야 하겠다는 생각에서 말을 했다.

"그게 현실적으로는 불가능한데……."

"물론 무슨 말을 하려고 하는지 잘 알고 있어요. 하지만 이대로는 답이 없다는 것 또한 사실이잖아요. 만약 이대로 가다가는 저희는 전멸이에요."

재식은 어느새 자신이 있는 곳으로 다가 온 박용식을 곁눈질로 힐끗 쳐다보고는 이야기를 했다.

"설마, 이렇게나 많은 고위 헌터가 있는데 전멸까지야……."

최수연은 재식이 자신들의 전멸을 언급하자 설마라는 생각에 작게 중얼거렸다.

'비록 각 대형 길드의 길드장이나 부길드장은 오지 않았지만 그래도 명색이 대한민국 최고의 헌터들인데 전멸까지 가겠어.'

재식의 이야기를 들은 최수진이나 박용식은 모두 이런 생각을 했다.

막말로 이 자리에는 대한민국에 존재하는 6등급 이상의

헌터 중에 40%가 와 있었다.

이 정도면 야마타노 오로치 레이드에 파견되었던 성신 길드의 몇 배나 되는 전력이었다.

그러니 최수연이나 박용식이 이렇게 생각하는 것도 어쩌면 맞는 것일 수 있었다.

하지만 이들이 놓치고 있는 것이 있었는데, 그것은 바로 당시 야마타노 오로치 레이드에서 가장 강력한 전력이라 할 수 있었던 성신 길드의 길드장인 백강현의 역할이었다.

백강현은 누가 뭐라 해도 대한민국에서 가장 강한 헌터 3명을 꼽으라면 항상 그 안에 들어가는 헌터였다.

현재도 7등급 헌터 라이선스를 가지고 있고 또 S급 헌터이기도 한 스페셜 헌터였다.

그는 7등급 보스 몬스터의 단단한 비늘도 가볍게 찢어발기는 능력을 가지고 있었다.

그런데 전체적인 전력 면에서는 앞선다고 해도, 이 자리에 있는 헌터 중에 그 누구도 백강현과 같은 파괴적인 강함을 보이는 이는 아무도 없었다.

어스 드레이크가 단순한 7등급 일반 몬스터였다면 이 자리에 있는 헌터들만으로도 레이드가 가능했을 것이다.

하지만 재식이 판단하기에 결정적인 아니 절대적인 힘을 가진, 그럼으로써 보스 몬스터인 어스 드레이크에게 단 한 번의 공격만으로도 치명상을 줄 수 있는 존재가 없는 현실에서는 이대로 가면 무조건 전멸임을 강조할 수밖에 없었다.

"지금 어떤 생각들을 하고 있는지 잘 알고 있습니다. 제 말은 여기 있는 헌터들의 전력이 낮다는 것이 아니라, 성신 길드의 백강현 길드장이나 화랑의 이용진 길드장님, 그리고 헌터 협회의 뇌신 김현성 전단장님과 같은 절대자가 이곳에 없음으로 인해 어스 드레이크 레이드가 전멸할 수도 있다는 말을 하고 있는 것입니다."

박용식은 깜짝 놀랐다.

설마 재식이 그렇게까지 생각하고 있었을 것이라고는 예상하지 못했기 때문이었다.

그 또한 상황이 점점 나빠지고 있다는 것은 어느 정도 인지하고 있었다.

하지만 그는 일본의 7등급 보스 몬스터, 아니 이제는 그 이상의 8등급 보스 몬스터일지도 모른다는 이야기가 나오고 있는 야마타노 오로치 레이드에 성공을 했던 성신 길드의 경우를 비추어 볼 때, 지금 이곳에 있는 헌터 전력이 몇 배나 우위에 있기 때문에 힘은 들겠지만 레이드에는 성공할 것이라 예상하고 있었다.

그런 생각 때문에 뒤에서 놀고 있는 헌터들을 보았음에도 별로 관여를 하지 않았다.

박용식이 그런 식으로 행동한 이유는 헌터들의 수준이 올라가면서 길드들이 점점 헌터 협회의 통제에 잘 따르지 않았기에 이번 기회에 헌터 길드의 전력도 줄이고 또 헌터 협회의 입김도 올리기 위해서 일부러 헌터들의 희생을 방조했기 때문이었다.

하지만 재식의 이야기를 들어보니 자신의 판단이 너무도 안이했다는 생각이 들었다.

자신은 이곳에 모인 헌터 전력만 생각하고 백강현 헌터의 강함을 생각지 않았었다.

같은 위험 등급이라도 보스 몬스터를 레이드 하는 것과 몬스터 웨이브를 해결하는 데 들어가는 조건은 완전히 달랐다.

막말로 야마타노 오로치 레이드 당시에 7등급에 S급 헌터인 백강현과 같은 헌터가 한두 명만 더 있었더라면 레이드가 그렇게까지 오래 걸리지는 않았을 것이다.

하지만 백강현 정도의 헌터 3명으로는 비슷한 등급의 몬스터 웨이브를 해결하는 것은 불가능했다.

이는 헌터가 파티나 공대를 구성해 자신보다 높은 등급의 몬스터를 레이드 하는 것과 비슷하게, 다수의 몬스터가 강력한 소수의 헌터를 차륜전으로 힘을 소모하게 만들어 잡는 일이 발생하기 때문이었다.

실제로 재식은 실종된 헌터들을 찾기 위해 겨우 3등급으로 분류된 던전에 보다 레벨이 높은 헌터 3명과 함께 들어갔다가 1등급 몬스터인 고블린 무리에 붙잡힌 경험이 있었기에 이를 잘 알고 있었다.

그리고 지금 말을 하는 것도 그러한 경험에서 우러나온 것이었다.

하지만 보스 몬스터는 그렇게 쉽게 해결할 수 있는 것이 아니었다.

특히나 6등급 이상의 보스 몬스터는 그 미만의 보스 몬스터와는 또 다른 격을 지니고 있었다.

사실 5등급 보스 몬스터까지는 S급 헌터가 없더라도 5등급 라이선스를 가진 헌터 다수가 준비된 레이드 계획에 따라 실수 없이 행동하면 잡을 수가 있었다.

그런데 6등급 보스 몬스터부터는 이야기가 달라졌다.

6등급 보스 몬스터는 5등급 보스 몬스터와는 다르게 지능도 인간과 비슷하거나 조금 떨어지는 정도였다.

그러면서 덩치는 수십 배에 이를 정도로 크고 또 지능적이었다.

자신의 능력을 잘 알고 또 작게나마 전술을 이해하면서 이를 사용했다.

그 때문에 종종 헌터들이 레이드 도중에 방심을 해서 도리어 당하기도 했다.

그런데 6등급 보스도 아니고 7등급 보스였다.

위험 등급 7등급 보스는 단순히 몬스터라 규정하기에도

사실 애매한 존재였다.

7등급 보스 몬스터는 필요하다면 인간과의 대화도 가능했는데, 실제로 야마타노 오로치는 죽기 전에 백강현에게 경고를 했었다.

당시 이를 TV로 지켜보던 사람들은 깜짝 놀랐다.

그저 단순하고 난폭하기만 하다고 알려져 있던 몬스터가 인간을 상대로 말을 했다는 것에 놀란 것이었다.

당시 야마타노 오로치는 인간들에게 경고를 했었다.

앞으로 자신보다 더 강한 몬스터들이 지구에 나타날 것이라고 말이다.

그런데 사람들은 그러한 야마타노 오로치의 경고를 잊고 있었다.

야마타노 오로치가 죽은 지 채 1년도 지나지 않았는데 말이다.

이곳 양평에 나타난 어스 드레이크는 야마타노 오로치가 언급한 더 강한 몬스터는 아니었지만, 일단 분류상 그와 동급인 위험 등급 7등급의 보스 몬스터였다.

비록 강제로 차원 게이트에서 나와 정상적인 7등급 보스 몬스터의 위엄을 보이지는 못했지만 6등급 보스보다 더 똑똑한 것은 사실이었다.

그리고 6등급 보스 몬스터에게는 없는, 아니 알려지지 않은 능력을 가지고 있는 것이 확인되었다.

죽은 몬스터나 헌터를 잡아먹고 이를 소화시켜 계속되는 전투 중에도 점점 강해진다는 것이었다.

이것만 놓고 봐도 어스 드레이크는 박용식이 생각하기에 충분히 위험한 몬스터라는 것이 증명이 된 셈이었다.

그러니 이제라도 욕심을 버리고 헌터들이 협력을 해서 어스 드레이크를 처치해야만 했다.

"앗!"

박용식, 최수연과 이야기를 하던 중에 재식은 무엇을 본 것인지 비명과도 같은 경호성을 질렀다.

"뭐, 뭔데!"

둘이 이야기를 하느라 잠시 등을 돌리고 있던 박용식과 최수연은 무슨 일로 재식이 그렇게 놀라는 것인지 물으며 뒤를 돌아보았다.

그런 두 사람의 눈에 들어온 것은 다름 아닌 3명의 헌터가 어스 드레이크의 이빨에 씹히고 있는 모습이었다.

"헉!"

"악!"

헌터 협회의 특무대인 팀 유니콘의 전대장들로서 몬스터에 의해 희생되는 헌터나 민간인들을 많이 보았을 두 사람이지만 언제나 적응이 되지 않는 한 가지가 있었다.

그것은 바로 인간이 산 채로 몬스터에게 잡아먹히는 장면이었다.

팔이 뜯기고 몸이 으스러지면서 나는 소음과 자신의 몸이 몬스터에 의해 찢기고 씹히는 것을 보면서 공포에 질려 비명을 지르는 피해자들의 비명 소리는 정말로 적응이 되지 않았다.

벌써 어스 드레이크에 희생된 헌터들의 숫자만 해도 30여 명에 이르러 있었다.

그리고 그만큼 어스 드레이크는 강해졌다.

비록 어떤 원리로 그리 되는 것인지는 알 수 없었지만, 어스 드레이크는 인간이 음식을 섭취하여 체력과 활동할 수 있는 에너지를 얻는 것처럼 잡아먹은 몬스터와 헌터들을 에너지원으로 전환하여 더욱 강력해지는 것 같았다.

"이대로 두고만 보실 겁니까?"

"으음, 알겠습니다. 각 헌터 길드에서 파견된 이들 중에 인솔자들을 모아 이야기를 해보겠습니다."

"네. 그럼 저는 처음 손발을 맞췄던 헌터 협회의 헌터님들과 함께 어스 드레이크를 붙잡고 있겠습니다. 그러니 빠르게 결론을 내리고 이끌어주시기 바랍니다."

재식은 박용식에게 그렇게 말을 한 후 어스 드레이크가 날뛰고 있는 현장으로 달려갔다.

그런 재식의 뒷모습을 지켜보던 최수연도 박용식을 보며 짧게 말을 한 다음 재식의 뒤를 쫓아갔다.

"선배가 알아서 하세요. 전 일단 정재식 헌터와 함께 막고 있을게요."

타타타타!

두 사람이 자리를 떠나자 박용식은 잠시 그들의 뒷모습을 지켜보다가 몸을 움직였다.

조금 전에 두 사람과 이야기를 나누었던 일을 마무리해야 했기 때문이었다.

원래라면 가장 먼저 했어야 할 일인데, 급한 나머지 순서가 뒤바뀌었다.

많은 경험만 믿고 있던 안일한 생각과 헌터 길드들의 욕심을 간과한 것이, 희생을 줄일 수 있는 일이었음에도 불구하고 30여 명이라는 고위 헌터를 희생시키는 결과를 초래했다.

띠―!

"임시공대장인 헌터 협회 팀 유니콘의 제4전대장입니다. 각 헌터 길드에서 나온 인솔자들은 잠시 하던 일을 멈추고 지휘본부로 와주시기 바랍니다."

박용식은 헌터 브레슬릿을 이용한 긴급통신 주파수로 어스 드레이크 레이드에 참여한 각 헌터 길드의 책임자들에게 통신을 넣었다.

혹시나 전투에 몰입해 무전을 듣지 못했을 수도 있었기에 반복해서 신호를 보냈다.

그러자 얼마 지나지 않아 헌터들이 지휘본부로 모여들

었다.

"바빠 죽겠는데 무슨 일로 부른 겁니까?"

가장 먼저 박용식에게 말을 꺼낸 사람은 온몸에 피를 뒤집어 쓴 헌터였다.

"아직 다 오신 것은 아닌 것 같으니 잠시만 기다려 주십시오."

먼저 말을 걸어온 헌터가 뒤에서 그저 레이드 흉내만 내던 헌터가 아니라 자신의 목숨을 내걸고 어스 드레이크와 싸웠던 헌터였기에 박용식은 정중하게 양해를 구했다.

그런 박용식의 대답에 먼저 말을 걸었던 헌터는 눈을 반짝이며 박용식을 쳐다보았다.

잠시 이야기가 중단되고 5분 정도가 지난 후, 더 이상 오는 사람이 없자 박용식은 다시 이야기를 이어갔다.

"제가 여러분들을 이렇게 모신 것은, 다름이 아니라 이대로 가다가는 코드 레드의 레이드가 실패를 할 것 같았기 때문입니다."

박용식의 말이 끝나기 무섭게 여기저기서 비난 섞인 고성이 터져 나왔다.

"뭐요? 겨우 그런 말을 하기 위해 우릴 부른 겁니까?"

"맞습니다. 지금 저희 길드의 헌터가 몇이나 죽었는지 아십니까!"

여기저기서 험한 말이 나왔지만 처음부터 이런 반발은 예상하고 있었기에 박용식은 참고 말을 이었다.

"잠시만 진정들 하시고, 제 말을 들어주시기 바랍니다."

그러면서 박용식은 재식에게서 들었던 이야기를 하나둘 들려주었다.

그리고 레이드 중 후방에서 여유롭게 지켜보기만 하던 대형 길드의 헌터들을 돌아보며 그들의 행동에 대해서도 이야기를 했다.

그러자 이번에는 대형 길드의 헌터에 대한 성토가 쏟아졌다.

"뭐야! 우리는 목숨도 내놓고 몬스터와 싸우고 있었는데, 뭐가 어째!"

또다시 소란이 일었다.

"그만! 이렇게 손발도 맞지 않고, 누구는 목숨 걸고 몬스터와 싸우는데 몇몇은 뒤쪽에서 사람들이 많아 앞으로 갈 수가 없어서 그런다는 변명이나 하고 있으니, 이렇게 하는 것이 어떻겠습니까?"

박용식은 재식과 이야기를 하면서 대충 어떻게 레이드를 진행할 것인지 계획을 짜두었다.

그것은 300여 명이나 되는 헌터가 두서없이 몬스터에게 달려들 것이 아니라, 50명씩 여섯 개의 공대를 만들어 돌아가면서 몬스터를 상대하자는 것이었다.

실제로 몬스터 레이드를 하는 데 있어서는, 많은 헌터가 한 무리로 섞이는 것보다는 50명 단위로 적절히 역할분담을 하여 상대하는 것이 좋았다.

어스 드레이크의 덩치가 커서 헌터의 숫자가 너무 많아 다른 헌터의 동선과 겹치는 일도 없을 테니 수월하게 레이드를 진행할 수도 있고, 지금보다 더 안전하게 레이드를 할 수가 있었다.

다만, 어스 드레이크의 레이드가 끝난 뒤의 분배가 문제였다.

순번에 따라 더 많은 전투를 하는 그룹과 그렇지 않은 그룹으로 나뉠 수 있었기 때문에 이익 분배에 대한 불만이 나올 수도 있었다.

"그건 일단 복불복이라고 할 수 있겠군요. 그러니 헌터 협회에서 일괄처리한 후 모두 균등하게 나누기로 하겠습니다."

괜히 어느 한 곳에 일임을 하게 되면 문제의 소지가 있을 수도 있었기에 어스 드레이크의 레이드가 성공을 하게 된다면 헌터 협회가 주관하여 어스 드레이크의 사체나 마정석을 처리한 다음 이를 균등하게 분배하기로 결정을 내렸다.

이에 몇몇 대형 길드에서는 불만의 목소리가 나왔는데, 그것이 기존 관행에 위배된다는 것 때문이었다.

하지만 관행은 관행일 뿐, 그건 법적으로 보장된 사항도 아니었다.

또한 헌터 길드가 생성되던 초기에 행해지던 일이 암묵적으로 굳어진 것일 뿐 그것이 정상적인 행위도 아니었기에, 박용식은 헌터 협회의 권위를 내세워 헌터 길드의 불만을 묵살했다.

10. 어스 드레이크와의 2차전

33㎡의 넓이. 평수로 계산을 하면 대략 10평 정도 되는 넓이의 집무실은 넓다면 넓고 또 작다면 작다고도 볼 수 있는 사무실인데, 이곳이 누구의 것이냐에 따라 넓다거나 혹은 좁다거나 하는 평가가 달라질 터였다.

  그런데 이 사무실의 주인이 대한민국 헌터들을 관리 감독하는 기관인 헌터 협회의 장인 헌터 협회장의 집무실이라면 그렇게 넓다고 하지는 못할 것이다.

  실용적인 것을 좋아하는 현 헌터 협회장은 기존의 넓고 화려한 집무실을 부족했던 회의장으로 변경한 후 자신의 집무실은 기존 집무실의 1/3의 공간에 벽을 세우고 만들었다.

자신의 집무실 중 일부를 직원 회의실로 만들고 10평정도의 공간만 자신의 집무실로 만들어 사용하면서도 현임 협회장인 김중배는 회의가 필요할 때면 간부들을 그냥 자신의 집무실로 불러 편하게 회의를 하고 있었다.

대한민국 헌터 협회장의 집무실에 감히 도청장치를 할 만한 간 큰 존재는 없을 것이었기에 그는 권위도 내려놓고 실용적으로 업무를 해나갔다.

그 때문에 현재 헌터 협회의 재정 건전성은 역대 최고를 달리고 있었다.

그렇게 최고의 업무성과로 인해 기뻐해도 모자랄 김중배 협회장은 지금 심각한 스트레스에 시달리고 있었다.

"하! 젠장!"

맑은 창밖을 보며 김중배는 한탄 섞인 한숨을 내쉬었다.

그가 현재 이렇게 한숨을 쉬고 있는 것은 바로 얼마 전에 몬스터 웨이브를 막기 위해 양평으로 파견을 나갔던 최무식 사무장의 보고 때문이었다.

겨우 위험 등급 5등급 몬스터 웨이브라 쉽게 해결될 것이라 생각했던 일이 화랑 길드와 인피니티 길드 두 곳의 헌터들로 인해 심각하게 변해 있었다.

몬스터 헌팅을 할 때는 각별한 주의가 필요했다.

언제 어느 때 변수가 발생할지도 모르는 일이었기에 헌터 협회에서는 주기적으로 헌터들에게 이러한 교육을 했다.

하지만 일부 헌터 길드나 헌터들은 이러한 헌터 협회의 교육에도 불구하고 이를 잘 듣지 않았다.

그런데 설마 국내 헌터 길드 랭킹에서 다섯 손가락 안에 들어가는 인피니티 길드와 독보적인 위치에 있는 화랑 길드가 이런 식으로 막무가내로 몬스터 헌팅을 할 줄은 누구도 예상하지 못한 일이었다.

솔직히 헌터 협회에서는 대형 헌터 길드의 권위를 어느 정도 인정해 주면서 여러 가지 혜택을 주고 있었다.

그중에 대표적인 것으로는 던전 개발권 등에 우선권을 주는 것과 주기적인 헌터 정신교육을 자체적으로 실시하게 해 준다는 것 등이었다.

수백 명의 헌터를 보유한 대형 길드다 보니 헌터 협회에서 교육을 위해 그들을 헌터 협회로 부르는 것 또한 많은 애로사항이 있었기에 대형 길드에게 그런 혜택을 준 것이기도 했다.

하지만 그런 혜택을 준 것이 그들에게 헌터 협회가 정한 규율을 무시해도 되는 허가증을 내준 것은 아니었다.

그런데 최무식 사무장의 보고에 따르면, 화랑과 인피니티 길드에서 파견된 공대는 몬스터 웨이브를 방어하는 작전에서 헌터 협회와 군에서 짠 작전을 무시한 채 안정성이 확인되지도 않은 차원 게이트의 강제 브레이크를 실행했다.

이 과정에서 그들은 합동작전을 하던 군대에게 자신들의

계획을 미리 알리지도 않고 불법적으로 일을 감행했다.

그 때문에 몬스터 웨이브를 막기 위해 세 지점으로 나눈 계획은 어그러졌고, 몬스터 웨이브는 예상과 다른 방향으로 흘러갔다.

뿐만 아니라 그 과정에서 함께하던 군인들이 심각한 피해를 입었다.

군인 40여 명이 죽고 60여 명이 심각한 공포로 인한 스트레스 장애를 겪고 있었다.

그런데 더욱 심각한 것은 화랑 길드와 인피니티 길드가 강제로 게이트 브레이크를 일으킨 그 결과였다.

겨우 5등급이던 차원 게이트가 주변에 널린 수천 마리의 몬스터 시체에서 흘러나온 에너지로 인해 브레이크를 일으키면서, 무려 위험 등급 7등급 보스 몬스터를 토해낸 것이었다.

지금까지 어느 곳에서도 5등급 차원 게이트가 브레이크를 일으키면서 보다 상위 등급의 몬스터를 내놓은 적은 없었다.

5등급 보스도 아니고 6등급 보스 몬스터도 아닌, 무려 위험 등급 7등급의 보스 몬스터다.

이는 단순히 강력한 몬스터가 출현한 정도가 아니라 재앙이 이 땅에 강림을 한 것이었다.

욕심 많은 몇몇 헌터들로 인해 대한민국은 심각한 위기에 빠졌다.

그런데 더욱 황당한 것은 그런 재앙을 끌어들인 놈들이 자신들이 벌인 일로 인해 모두 죽어버렸다는 것이었다.

정말이지 김중배는 어디 가서 하소연을 할 수도 없는 상황에 놓여 있었다.

원인을 제공한 놈들은 죽어 사라졌고, 위험 등급 7등급의 재앙급 보스 몬스터만이 존재했기에, 그 몬스터는 이제 헌터 협회의 소관이 되었다.

만약 이 재앙급 몬스터를 막지 못한다면, 그 화살은 재앙급 몬스터를 이 땅에 부른 그 빌어먹을 놈들이 아닌 이를 막지 못한 헌터 협회로 돌아갈 것이 분명했다.

그러다 보니 김중배의 고민은 이만저만이 아니었다.

'김현성 전단장만 온전했어도······.'

김중배는 재앙급 보스 몬스터의 출현을 보면서, 헌터 협회의 최고 전력인 뇌신 김현성이 심각한 부상으로 치료 중인 것이 너무도 뼈아팠다.

'그를 사우디에 보내는 것이 아니었어!'

정부의 요청으로 김현성을 별다른 지원 없이 혼자 사우디에 보낸 것이 실책이었다.

평소처럼 파견을 보낼 때에 김현성의 직할부대라 할 수 있는 제1전대를 딸려 보냈다면 그 정도로 심각한 부상을 입지는 않았을 것이라는 후회도 했지만, 솔직히 당시에는 어쩔 수가 없었다.

 괜히 다른 나라의 문제에 S급 헌터를 지원해주는 것만도 받는 것에 비해 넘치는 일이었다.

 그런데 설마 사우디 왕실에서 넘겨준 정보가 축소된 것이었을 줄이야.

 그로 인해 대한민국 최고 전력 중에 하나라고 할 수 있는 뇌신 김현성은 부상을 입고 돌아왔다.

 물론 김현성의 부상으로 인해 손해를 본 부분에 대해서는 사우디로부터 보상을 받기는 했지만, 설마 김현성이 부상에서 완쾌가 되기도 전에 대한민국에 이런 재앙이 닥칠 줄은 전혀 예상을 하지 못한 것이었다.

 그래서 급하게 최무식이 요청한 대로 특무대 한 개 전대를 보내주기는 했지만 이도 부족해 보였다.

 원래라면 김중배 협회장의 성격 상 최무식이 요청한 것 이상으로 전력을 구성해서 보냈을 것이다.

 하지만 그러지 못했다.

 때마침 헌터 협회에 들른 대형 길드의 길드장과 국회의원 몇 명이 그 소식을 접하고 제동을 걸었기 때문이었다.

 국내 길드 랭킹 30위에 불과했던 성신 길드는 일본의 재앙이라 불리던 위험 등급 7등급의 보스 몬스터 야마타노 오로치 레이드에 성공을 하면서 급격히 세력을 불려 단숨에 길드 랭킹을 30위에서 3위까지 치고 올라갔다.

그러다 보니 상위 랭크에 있던 다른 대형 헌터 길드의 경우에는 1위인 화랑과 2위인 신성 길드를 빼고 모두 한 단계씩 순위가 떨어졌다.

대한민국에서 헌터 길드의 순위는 단순한 순위가 아니었다.

헌터 길드의 순위는 그 뒤를 받쳐주고 있는 거대 재벌들의 자존심이었다.

그런데 재계 순위 100위에도 간신히 턱걸이를 하던 성신제약에서 만든 성신 길드가 거대 재벌들이 후원하는 길드들을 제치고 무려 3위에 랭크된 것이었다.

이 때문에 순위가 내려간 헌터 길드는 물론이고, 그 뒤를 후원하던 재벌들도 난리가 났다.

하지만 그들로서도 어쩔 도리가 없었다.

일본의 헌터 협회나 정부에서도 해결하지 못한 위험 등급 7등급의 보스 몬스터를 잡았기에 그 명성으로 인해 성신 길드에는 헌터들이 모여들었다.

게다가 야마타노 오로치로 인해 경제에 심각한 타격을 입고 있던 일본 정부에서 그 공로를 치하하여 엄청난 혜택을 주었기에 성신 길드가 그리 성장한 것이었다.

단순히 돈이 많아서, 또는 헌터가 많아서라는 이유로 랭킹이 올라가지는 않는다.

그 때문에 성신 길드에 대한 상위 헌터 길드의 견제는 이전보다 더욱 심해졌다.

그래서 성신 길드는 국내에서 거대 길드들의 견제로 인해 몬스터 헌팅이 자유롭지 못하게 되자 막대한 혜택을 주고 있던 일본으로 시선을 돌렸다.

일본에는 일본의 헌터나 헌터 길드가 해결하지 못한 던전과 몬스터가 아주 많았다.

그러니 대형 길드에서 어떤 짓을 해도 성신 길드의 성장을 막지는 못했다.

그래서 대형 길드는 타깃을 성신 길드에서 헌터 협회로 돌렸다.

어떻게 해서든 자존심을 찾기 위해 수단과 방법을 가리지 않고 헌터 협회를 압박했다.

오늘도 그런 이유로 헌터 협회를 찾았다가 뜻밖의 소식을 접한 것이었다.

이 땅에 성신 길드가 일본에 원정을 가서 잡았던 것과 동급의 보스 몬스터가 출현했다.

더군다나 그 보스 몬스터가 강제 게이트 브레이크로 인해 정상이 아닌 상태로 나왔다는 이야기를 들었을 때는 헌터 협회를 찾았던 거대 길드의 장들은 속으로 환호했다.

그러면서 혹시나 헌터 협회가 특무대를 모두 출동시켜 그 보스 몬스터를 잡는 것은 아닐까 걱정이 되어 함께 했던 국회의원을 부추겨 이를 저지했다.

그 때문에 헌터 협회에서는 최무식 사무장의 요청대로 2개 전대를 보내려고 했지만 이들로 인해 1개 전대만 보낼 수밖에 없었다.

그런데 웃긴 것은, 이렇게 헌터 협회의 행보를 막았던 거대 헌터 길드의 장들이 동원령에 의해 투입되는 길드 소속 고위 헌터들에게 될 수 있으면 현장까지 천천히 가라는 지시를 내렸다는 점이었다.

그래야 자신들의 전력 손실은 막고, 그동안 보스 몬스터를 막고 있을 헌터 협회 특무대의 전력이 깎여나갈 것이 아닌가.

참으로 인간으로서는 상상도 하지 못할 일을 생각해 낸 인간 같지 않은 놈들이었다.

막말로 이런 놈들이 길드장으로 있으니, 군인들이야 희생이 되건 말건 자신들의 이득만을 쫓아 차원 게이트를 강제로 브레이크에 이르게 만들어서 이 땅에 재앙을 강림시켜버린 것이 아니겠는가.

한참 동안 그렇게 혼자 고민을 하던 김중배는 더 이상 혼자 고민해 봐야 해결책이 나오지도 않을 것 같아 뇌신 김현성을 찾아가 조언을 구하기로 했다.

*　　　*　　　*

신성 헌터 재활병원.

이름에서도 알 수 있듯이 이곳은 국내 제1의 기업인 신성 그룹에서 만든 헌터 전용 병원이었다.

이름은 헌터 재활병원이었지만 헌터에 관한 모든 치료와 재활은 물론이고, 유전자 변형 시술과 인공관절 등, 헌터와 관해서는 국내 최고 아니 세계에서도 수위에 들어가는 병원이었다.

그리고 이곳에 팀 유니콘의 전단장인 뇌신 김현성이 입원을 하고 있었다.

똑! 똑!

침대에 반쯤 누워 책을 보고 있던 김현성은 느닷없이 들리는 노크 소리에 고개도 돌리지 않고 소리쳤다.

"들어오시오."

드르륵!

들어오라는 소리가 들리기 무섭게 문이 열리더니 누군가 안으로 들어오는 발자국 소리가 들렸다.

뚜벅! 뚜벅!

"몸은 좀 어떠십니까?"

특실 안으로 들어온 사람은 헌터 협회장인 김중배였다.

"협회장이 또 무슨 일이오? 이곳에 너무 자주 오는 거 아닙니까?"

보고 있던 책을 바닥에 내려놓은 김현성은 김중배 협회장을 맞아 가벼운 농담을 건넸다.

하지만 심각한 문제를 안고서 조언을 구하기 위해 이곳을 찾은 김중배는 농담을 들었음에도 표정이 풀리지 않았다.

"무슨 일이라도 있습니까?"

김현성은 협회장의 굳은 표정을 보고 조심스럽게 물었다.

"흐음……."

김중배 협회장은 김현성의 물음에도 신음성을 내면서 쉽게 입을 열지 않았다.

"하, 답답하네. 속 시원하게 이야기를 좀 해봐요! 혹시 압니까, 내가 무슨 해결책이라도 줄지."

아무런 대답도 없이 인상만 쓰고 있는 김중배의 모습에 답답한 나머지 김현성이 말을 했다.

그런 김현성의 말에 김중배는 조금 전 있었던 일을 그에게 들려주었다.

한참 동안 김중배가 하는 이야기를 조용히 듣기만 하던 김현성의 표정이 붉게 달아올랐다.

급기야 대노한 그의 목소리가 병원 건물을 뒤흔들듯 터져 나왔다.

"뭐요! 이 잡것들이……."

김현성은 대 몬스터 특수부대가 법 개정으로 인해 헌터가 되어 헌터 협회로 관할이 이관 되면서 무신 이용진이 군부 출신들을 모아 화랑 길드를 만든 것과는 대조적으로, 헌터 협회에 들어가 헌터 협회가 자체적 무력집단을 만드는 데 지대한 공헌을 했다.

사실 같은 특수부대원들이 화랑 길드로 간 것과는 다르게 김현성이 헌터 협회로 온 것은 화랑 길드로 들어간 군인들과 김현성이 달랐기 때문이었다.

같은 대 몬스터 특수부대라 해도 무술을 기반으로 했던 그들과는 달리 김현성은 각성 능력자였다.

번개 속성을 각성한 뒤 이를 무술과 접목시켜 각성 초기부터 김현성은 뛰어난 활약을 했다.

그 때문에 무술을 집대성한 이용진이 무신이란 별칭으로 사람들에게 불리게 된 것처럼 김현성도 각성 속성과 위업을 바탕으로 뇌신이라는 그럴듯한 별명이 생겼다.

처음에는 이런 뇌신이란 별명이 너무 애들 같다는 생각에 별로 좋아하지 않았지만, 헌터 협회에 들어오면서 그는 생각이 바뀌었다.

아무것도 없는 곳에서 헌터 길드를 통제할 무력을 갖추려면 뭔가 강한 구심점이 있어야 한다는 생각에 다른 사람이 자신을 뇌신이라 부르는 것에 그러려니 하고 넘어가게 된 것이었다.

실제로 뇌신이란 명성은 김현성이 많은 헌터들을 헌터 협회로 데려오는 데 지대한 작용을 했다.

무술을 익힌 헌터의 정점에는 무신 이용진이 있고, 또한 유전자 변형 시술을 받은 헌터 중에 대표적인 인물로는 괴물로 불리는 성신 길드의 길드장 백강현이 있었다.

그러니 각성 헌터들 사이에서도 이들과 비견되는 누군가가 있어야 한다는 이야기가 나왔고, 그러던 중에 헌터 협회는 뇌신 김현성을 앞세워 대대적인 헌터 협회의 직할 특무대 모집에 나섰다.

그러다 보니 헌터 협회에 수많은 각성 헌터들이 모여들게 되었다.

지금도 대격변이 일어나 차원 게이트가 발생하면서 각성을 하는 사람들이 날로 늘어나고 있는 중이었다.

대격변 초기에야 무술가와 유전자 변형 시술을 받은 헌터들이 주류였지만, 시간이 흐르면서 늘어나는 각성자들로 인해 현재 헌터들의 비율을 보면 5:3:2 정도로 5가 유전자 변형 시술을 받은 시술 헌터고 그 뒤에 3은 늘어나는 각성 헌터들이었다.

그리고 마지막 2가 무술을 통해 헌터가 된 사람들의 비율이었다.

이전에는 가장 많은 것이 무술가들이고, 그 다음이 유전자 시술을 받은 시술헌터, 그리고 가장 적은 것이 각성자였다.

그 비율도 무술가가 7이라면 시술 헌터는 2.8, 그리고 각성자가 0.2로 아주 적었다.

이렇게 엄청난 비율차가 역전이 된 것은 어쩌면 당연한 것일지도 몰랐다.

초기 가장 많았던 무술가는 사실 무술이란 특성 때문에

점점 줄어들고 있었다.

무술은 그 특성상 단기간에 강해질 수가 없다.

그들은 꾸준한 연마를 통해 심기체를 극한까지 단련해 신체를 통제하여 몬스터 이상의 능력을 이끌어냈다.

그러다 보니 그 경지에 오르기까지는 시간이 오래 걸렸다.

그에 반해 현대에 가장 높은 비율을 보이고 있는 시술 헌터의 경우, 이들은 무술가와는 반대로 아주 빠른 시간에 몬스터에 비등할 만한 능력을 가질 수 있었다.

맹수의 유전자를 몸에 주입하고, 그것에 적응을 하면 끝이었다.

적응 기간도 짧게는 3개월에서 길게는 6개월이면 충분했다.

그러다 보니 많은 헌터들이 보다 쉬운 방법인 유전자 변형 시술을 통해 헌터가 되었다.

그리고 마지막으로 각성 헌터의 경우에는, 시간이 흐르면서 대기는 산업혁명 이전으로 돌아간 것처럼 맑아졌고 또 맑은 공기와 함께 사람들 속에서 자연 현상을 직접 행사하는 능력을 깨달은 사람들이 늘어났다.

예전에도 보통의 사람보다 뛰어난 감각을 가진 초능력자들이 있기는 했다.

물 위를 걷고, 불속에 있어도 아무런 화상도 입지 않는 사람이나 염력을 이용해 물체를 움직인다던가, 아니면 멀리 떨어진 곳에 있는 무언가를 보거나 말소리를 듣는 등의 다양한 초능력을 가진 사람들이 있었다.

하지만 현대에는 그런 정도의 초능력이 아닌 염력으로 100kg이 넘는 물체를 공중으로 띄운다거나, 손에서 단순한 바람이 아닌 이를 강력하게 회전시킨 회전 톱과 같은 바람이 나와 무언가를 자른다거나 또 어떤 이는 만화에 나오는 슈퍼 히어로처럼 번개를 쏘고 불을 만들어 던지는 등의 다양한 속성을 깨우친 현실의 슈퍼 히어로들이 탄생했다.

그리고 이런 각성자들은 시간이 지날수록 더욱 많이 나왔다.

사람들은 만화에 나오는 슈퍼 히어로와 비슷한 능력을 행사하는 각성 헌터들을 보며 열광했고, 뇌신 김현성이 보여주는 행동에 그를 현실판 슈퍼 히어로라고 불렀다.

실제로 김현성의 행보도 슈퍼 히어로라고 불리기에 충분했다.

그러했기에 협회장인 김중배는 직책 상 자신의 밑에 있기는 했지만 그동안 김현성이 이룩한 업적 때문에라도 김현성을 함부로 대하지 않았다.

"이용진 길드장이 있을 때까지만 해도 대형 헌터 길드에서 이렇게까지 막나가지는 않았는데 ……."

김중배는 무슨 생각인지 실종된 무신 이용진을 언급했다.

그런 김중배의 말에 김현성은 조금 전 화를 내던 것과는 다르게 안색이 굳어졌다.

"그런데 그놈은 어떤 것 같습니까?"

김현성은 심각한 분위기를 전환할 목적으로 누군가를 언급했다.

"누구 말씀이십니까?"

김중배는 김현성이 언급한 이가 누구를 가리키는 것인지 알 수가 없어 되물었다.

그런 김중배의 질문에 김현성은 누군가를 특정했는데, 이야기를 들은 김중배는 그게 누구인지 깨닫고는 대답을 했다.

"아, 얼마 전에 6등급 헌터 라이선스를 받은 S급 헌터 말씀이시군요. 그렇지 않아도 그에 관한 이야기를 드릴 것이 있었는데, 마침 잘 되었군요."

김현성이 재식에 대한 질문을 하자 김중배는 그렇지 않아도 최무식에게서 들은 재식에 대한 이야기를 하려고 했다가 입을 열었다.

"그에게 아티팩트를 만드는 능력이 있다고 합니다. 그것도 5등급 헌터에 준하는 속성 공격을 막아낼 수 있는 것으로 말입니다."

"뭐! 그게 사실이야?"

너무도 놀라운 이야기에 김현성은 반말이 튀어나왔다.

하지만 김중배는 이에 개의치 않고 대답을 했다.

"네. 이야기를 들어보니 자신을 구해준 은혜를 갚기 위해 제5전대 전원에게 그것을 선물했다고 하다군요."

"아!"

이야기를 듣고 나자 입에서 감탄성이 절로 나왔다.

아티팩트라면 김현성도 잘 알고 있었다.

외부에 잘 알려진 사항은 아니지만 한국에서도 몇 차례 아티팩트가 발견되었고, 그것들은 정부 고위 인사나 재계 회장들의 수중으로 들어갔다.

자신들의 안전에 관해서는 병적으로 행동하는 이들이다 보니 던전에서 아티펙트가 발견되었다는 정보를 들으면 어느새 달려와 엄청난 고가의 가격을 지불하고 아티펙트를 가져갔다.

그런데 비록 S급 헌터라고는 하지만 겨우 6등급 헌터가 권력자들이 탐을 내고 있는 보물을 만들 수 있는 능력을 가졌다는 소리에, 김현성은 감탄을 하던 것도 잊고 걱정이 되었다.

만약 이러한 사실이 권력자들에게 알려지게 된다면 무슨 일이 벌어질지 상상조차 되지 않았다.

6등급의 S급 헌터라고 하면 뭔가 아주 강할 것 같지만, 사실 뇌신 김현성과 같은 7등급에 S급 헌터라도 권력자들이 작정만 하면 쉽게 그들의 손에서 벗어날 수가 없었다.

그들의 손아귀에서 벗어나기 위해서는 현재의 김현성과 같은 정도의 위치와 힘이 있어야만 가능했다.

대한민국 전체를 생각하면 아니펙트를 제작할 수 있는 능력은 축복도 그런 축복이 없지만, 힘이 없는 상태에서의 보물은 개인에게는 그보다 더한 저주가 없었다.

지킬 수 없는 보물을 가진다는 것은 그 사람 개인뿐만 아니라 그와 연관된 사람들마저 불행하게 만들기 때문이다.

"이 사실을 알고 있는 사람들에게는 함구할 것을 지시하고, 그 헌터를 협회에서 보호해야 할 것입니다."

김현성은 굳은 표정으로 그리 말을 했다.

"이미 조치는 취해놓았습니다. 다만, 현재 그가 있는 곳이 위험 등급 7등급 보스 몬스터가 출현한 그곳이다 보니 그가 무사할 지가 걱정입니다."

이야기는 다시 위험 등급 7등급의 어스 드레이크 레이드로 돌아갔다.

*   *   *

팀 유니콘 제4전대의 전대장인 박용식은 헌터들을 모아 놓고 강력하게 자신의 의지를 전달했다.

지금까지 코드 레드(어스 드레이크)를 레이드 하던 모습을 가감 없이 성토하면서, 만약 헌터 협회가 짠 레이드 계획을 따르지 않으면 강력한 제재가 있을 것임을 천명했다.

물론 헌터들은 이에 반발했다.

하지만 바디 캠과 헌터 브레슬릿에 담긴 영상을 근거로

이들을 몰아붙이자 헌터들도 어쩔 수 없이 박용식 전대장의 뜻에 따를 수밖에 없었다.

바디 캠과 헌터 브레슬릿에 담긴 영상자료에는 열심히 레이드에 참여하고 있는 이들이 있는가 하면 대형 길드에서 나온 수십 명의 헌터들이 태업을 하고 있는 모습이 그대로 기록되어 있었기 때문이었다.

이에 열심히 어스 드레이크 레이드에 참여를 했다가 동료를 잃은 헌터들이 들고 일어났다.

평소 같았다면 이렇게 헌터들이 반발을 해도 대형 길드에 속한 이들은 신경도 쓰지 않았을 것이다.

그렇지만 지금은 그런 식으로 해결될 수 있는 문제가 아니었다.

다른 것도 아니고 재앙이라 할 수 있는 위험 등급 7등급의 보스 몬스터였다.

또한 재앙급 몬스터를 불러낸 것도 10대 길드라고 불리는 화랑과 인피니티 길드의 공대가 헌터 협회와 군에서 세운 작전 계획을 무시하고 작전을 틀어버리는 바람에 그리 된 것임이 알려지면서 대형 길드의 헌터들은 할 말을 잃었다.

사실 대형 길드 간에는 겉으로는 대립하고 경쟁을 하는 듯 보였지만, 다른 길드에서 치고 올라오려고 하면 연합하여 다른 길드가 커지는 것을 막았었다.

그 좋은 예가 바로 성신 길드였다.

30위권에 있는 성신 길드가 백강현이라는 국내에서 세 손가락에 들어가는 최강의 헌터를 길드장으로 두고 있으면서도 더 이상 길드 랭킹을 올리지 못했던 것도 사실은 다 이런 이유 때문이었다.

그러다 야마타노 오로치의 레이드에 성공하면서 거대 길드의 압박과 견제를 일본을 통해 해결하면서 길드를 키워 국내 랭킹 3위까지 오른 것이었다.

하지만 그럼에도 기존 거대 길드들은 이런 성신 길드를 자신들의 울타리에 끼워주지 않고 계속해서 견제를 했다.

이에 성신 길드는 국내 활동은 줄이고 일본으로 주 활동 무대를 옮겨 버렸다.

국내에서야 다른 거대 길드 연합 때문에 기를 펴지 못하지만 일본에서는 거의 절반 이상의 던전이나 몬스터 필드를 독점하듯 관리를 하니, 성신 길드에게는 활동이 원활하지 않은 국내보다는 일본이 더 좋은 환경이었다.

헌터 협회나 한국 정부 입장에서는 위험 등급 7등급의 보스 몬스터를 잡을 수 있는 강력한 절대자가 있는 성신 길드가 국내에서는 좀처럼 활동을 하지 않고 외국에서만 활발히 활동을 하다 보니 너무도 안타까웠다.

한국에 백강현과 같은 강자가 둘이나 더 있다고는 하지만 엄밀히 따지면 한 명뿐이었다.

무신 이용진은 5년 전의 모습을 끝으로 더 이상 행적이 목격된 바가 없고, 헌터 협회의 팀 유니콘의 전단장은 비밀 임무를 맡고 파견 나갔다가 심각한 부상을 입고 돌아왔다.

그런 상황에서 재앙급 보스 몬스터인 어스 드레이크가 나타났으니, 헌터 협회나 현장 책임자로 임명된 박용식 전대장으로서는 더 이상 거대 길드에 속한 헌터들의 방종을 두고 볼 수만은 없었다.

더욱이 레이드 영상이 나가면서 여론도 박용식의 발언에 힘을 실어주고 있었다.

헌터 협회의 간섭을 극도로 싫어하던 헌터들도 거대 길드의 횡포에 더 이상 참지 않고 박용식에게 협조를 하고 있었다.

이렇다 보니 거대 길드에 속한 헌터들도 더 이상 박용식에게 반발할 수가 없었고, 그가 말한 대로 마음이 맞는 길드와 공격대를 꾸렸다.

물론 이 과정에서 박용식은 공격대의 전력분배를 균등하게 했다.

혹시나 그냥 헌터 길드에서 나온 이들에게 맡겼다가는 또다시 문제가 불거질 것이 분명했기 때문이었다.

＊　　　＊　　　＊

끄워어억!

쾅!

펙!

파지직!

쿵!

각 헌터 길드에서 파견된 헌터들을 불러들여 다시 정비를 한 것이 주요했다.

공대를 구성하고 다시 어스 드레이크 레이드에 들어가면서 순번에 따라 돌아가며 레이드를 하자, 이전에 중구난방으로 레이드를 할 때보다도 효율적이고 안전한 레이드가 되었다.

하지만 어스 드레이크 레이드는 어디에나 위험 요소가 있었다.

공대가 임무를 교체할 때, 혹은 딜러 역할을 하던 헌터들이 박용식의 지시를 무시하고 어그로가 잡히기 전에 무턱대고 공격을 퍼부을 때도 있어서 통제하기가 힘들었다.

그나마 재식이 S급 헌터로서 이름값을 하듯 적절할 때 끼어들어 어그로가 엉뚱한 곳으로 튀지 않게 조절을 했기에, 2차 어스 드레이크 레이드는 순조롭게 흘러가게 되었다.

끄앙!

헌터들의 짜임새 있는 공격에 어스 드레이크는 점점 힘이 빠져갔다.

조금 전에는 헌터들이 중구난방으로 공격을 했었기에 빈틈이 많아 헌터들을 죽이고 그들을 잡아먹어 힘을 보충했었다.

하지만 다시 시작된 전투에서는 그런 빈틈이 확 줄어들어 있었다.

공격은 빈도는 줄었지만 끊임없이 계속되었다.

이에 상황이 변했음을 인지하고 뒤로 물러서려고 하면 언제 나타났는지 아까부터 자신에게 큰 고통을 안겨주고 있던 존재가 나타나 정신을 차릴 수 없게 고통을 주었다.

그러다 보니 어스 드레이크는 헌터들이 돌아가면서 힘과 체력을 보충하며 싸울 때, 쉬지도 못한 채 힘도 체력도 보충할 사이 없이 전투를 이어가야만 했다.

그 때문에 어스 드레이크의 공격은 점점 힘을 잃어갔다.

몸을 감싸고 있던 단단한 비늘은 절반 이상이 떨어져 나가 있었다.

비늘이 있을 때는 별 게 아니었던 공격도 이제는 심각한 타격으로 다가왔다.

이 모든 것은 재식의 작품이었다.

아무리 거대 길드에 속한 헌터이고, 6~7등급 라이선스를 가진 고위 헌터라 할지라도 7등급 보스 몬스터인 어스 드레이크의 단단한 비늘을 뚫고 타격을 주기는 쉽지가 않았다.

그나마 7등급 헌터는 어느 정도 대미지를 주었지만, 6등급 헌터는 단단한 비늘을 뚫지 못해 아무런 타격도 주지 못했다.

하지만 단단한 비늘이 재식의 공격을 받아 몸에서 떨어져 나간 뒤부터는 상황이 달라졌다.

이때부터 어스 드레이크에게 대미지를 주지 못했던 6등급 헌터들도 대미지를 주기 시작했다.

그러다 보니 어스 드레이크의 레이드는 더욱 빠르게 진행되었다.

점점 몸을 감싸고 있던 비늘이 사라지는 어스 드레이크.

재식은 벗겨낸 어스 드레이크의 비늘을 따로 챙겼다.

헌터들이 보면 분명 말이 나올 만한 일이었지만, 지금까지 재식이 활약한 것을 생각하면 이 정도는 재식의 권리로 인정을 해줄 만한 것이었다.

물론 제 이익만 생각하는 놈들이 많다 보니 들키면 좋은 소리를 듣지 못한다는 것을 알기에 재식은 아주 조심스럽게 다른 헌터들이 눈치를 채지 못하도록 아주 조금씩 빼돌렸다.

"블러드 드레인! 라이프 드레인!"

어스 드레이크의 등에 올라탄 재식은 틈만 나면 블러드 드레인과 라이프 드레인 마법을 이용해 체력과 마력을 보충했다.

비늘을 벗긴 후 피가 흐르는 어스 드레이크의 맨살에 손을 대고 블러드 드레인과 라이프 드레인 마법을 시전하자, 이전에 비늘과 가죽이 덮인 상태에서 두 마법을 시전했을 때보다도 더 많은 에너지가 몸으로 들어왔다.

이에 재식은 같은 마법이라도 어떻게 쓰는 것이 더 효율적인지 다시 한번 깨달았다.

'좋아, 이대로만 가면…….'

순조롭게 진행되고 있는 레이드에 재식은 조만간 끝이 날 것이란 예상을 했다.

어스 드레이크의 움직임이 많이 줄었기 때문이었다.

어스 드레이크는 상처를 입고 피를 많이 흘린 것은 물론이고, 거대한 몸뚱이를 지탱해주던 마력까지 헌터들의 공격을 막고 공격을 하는 데 다량으로 사용했다. 게다가 재식에 의해 갈취까지 당하니 더 이상 버틸 재간이 없었다.

끄악!

급기야 어스 드레이크가 로어나 하울링도 아닌 비명을 지르기 시작했다.

지금까지 몇 시간을 헌터들의 공격을 받으면서도 내뱉지 않던 비명을 지른 것이었다.

"몬스터가 비명을 질렀다. 조금만 더 하면 된다. 모두 조금만 더 집중하자!"

박용식은 헌터들을 지휘하면서 목소리를 높였다.

장시간 어스 드레이크와 전투를 벌이고 있는 헌터들에게 힘내자는 말보다는 집중하자는 말로 이들을 격려했다.

"그래, 집중! 집중하자!"

장시간 어스 드레이크를 상대로 긴장을 한 채 레이드를 하면서 헌터들도 많이 지쳐 있었다.

아무리 여섯 개의 공대로 나눠 공격과 휴식을 병행했다고는 하지만 헌터도 인간인지라 지칠 수밖에 없었다.

그 때문에 상대를 하던 어스 드레이크가 비명 지르는 소리를 듣고는 끝이 보인다는 생각에 잠시 긴장의 끈을 놓았었다.

하지만 잠깐의 방심이 그동안의 고생을 수포로 돌릴 수도 있음을 이 자리에 있는 헌터들은 누구나 잘 알고 있었다.

그런데 시기적절하게 박용식이 힘을 내자가 아니라 집중하자는 구호를 외치자 헌터들도 정신을 차리고 복명복창을 했다.

끄아악!

어스 드레이크는 밀려드는 고통에 더 이상 참지 못하고 고개를 쳐들며 고통스러운 비명을 내질렀다.

그러고는 정신을 차리려는 듯이 고개를 몇 번 흔들다가 안 되겠다는 듯 주변을 살폈다.

더 이상 자신이 버티지 못할 것을 인지한 어스 드레이크는 자신을 공격하고 있는 헌터들 속에서 빈틈을 찾기 시작했다.

하지만 빈틈은 좀처럼 보이지 않았다.

몇 번의 시행착오를 겪은 헌터들이 유기적으로 움직이면서 어스 드레이크가 도망칠 방향을 선점하고 있기 때문이었다.

후욱! 후욱!

어스 드레이크는 헌터들의 공격을 당하면서도 잠시 움직임을 멈췄다.

어차피 이대로 가다가는 가망이 없음을 깨달은 어스 드레이크는 남은 힘을 집중해 자신을 둘러싼 헌터들을 돌파하기로 결심했다.

그리고 지금까지와는 다르게 최대한 입에 마력을 모았다.

어스 드레이크가 가진 최강의 공격인 브레스를 사용하려는 것이었다.

그것도 최대한으로 마력을 쥐어짜내서 말이다.

"코드 레드가 최후의 공격을 하려고 한다. 모두 대비해!"

재식은 위저드 아이를 통해 어스 드레이크의 마력이 입가에 집중되는 것을 확인하고는 급히 경고를 했다.

재식의 경고를 들은 헌터들은 어스 드레이크를 공격하느라 좁혔던 간격을 풀고 다급히 간격을 넓혔다.

이미 몇 차례 어스 드레이크의 브레스 공격을 경험했었기에 그들은 어떻게 대비를 해야 할지 잘 알고 있었다.

물론 알고 있다고 해서 100% 막아낼 수 있다는 것은 아니었다.

어스 드레이크의 브레스 공격은 7급 헌터라도 막아내기가 힘들었다.

방어에 특화된 헌터가 아니라면 막을 수가 없었다.

그러니 어스 드레이크의 브레스 방향이 자신이 아니길 바라면서 또 그것을 피할 수 있기를 바랄 뿐이었다.

화아악!

콰과광!

마력을 모았던 어스 드레이크의 브레스 공격이 시작되었다.

시뻘건 불길이 빠르게 토해졌다.

어스 드레이크가 내뱉은 화염 브레스는 마치 거대한 화염 방사기에서 쏟아진 불꽃마냥 방사형으로 뻗어가며 헌터들이 있는 곳으로 날아들었다.

"피해!"

헌터들은 자신에게로 덮쳐오는 어스 드레이크의 화염 브레스를 피하기 위해 신속하게 움직였다.

"악!"

이때 새된 비명이 터져 나왔다.

비명의 주인공은 바로 정미나였다.

재식의 경고에 뒤로 물러나는 과정에서 그녀는 누군가와 부딪혀 쓰러졌다.

다행히 또 다른 누군가가 팔을 붙잡아 일으켜주어 안심하고 있을 때, 하필 어스 드레이크의 브레스가 이들을 덮친 것이었다.

자신을 향해 날아드는 어스 드레이크의 화염 브레스를 눈으로 목격하다 보니, 정미나는 여장부와 같았던 모습도 잊은 채 새된 비명을 지를 수밖에 없었다.

"막아!"

"네?"

"그거 있잖아!"

권인하가 당황해서 정신을 차리지 못하고 있던 정미나를 보며 소리쳤다.

"아! 실드!"

"실드!"

"실드!"

정미나는 순간 부전대장인 권인하가 무슨 말을 하는지 어디둥절해하다가 생각나는 것이 있어 소리를 쳤다.

그리고 그와 비슷한 시간에 권인하, 그리고 또 다른 누군가도 실드 마법을 외쳤다.

꾸와아아!

그그긍!

재식이 선물한 아티펙트에 담긴 실드 마법을 시전하기는 했지만, 어스 드레이크의 화염 브레스는 헌터 협회에서 시험을 했던 것 이상의 힘과 압력을 선사했다.

그 때문에 5등급 헌터의 속성 공격을 막아내던 실드도 점점 힘을 잃어갔다.

팡!

정미나가 시전했던 첫 번째 실드가 더 이상 어스 드레이크의 공격을 버티지 못하고 깨져나갔다.

하지만 그 뒤로는 권인하가 걸었던 실드가 자리를 잡고 있었다.

그그긍!

팡!

하지만 권인하의 실드도 얼마 버티지 못하고 깨졌다.

타다다!

재식은 빠르게 달렸다.

실드 마법만으로는 어스 드레이크의 브레스를 막을 수 없음을 잘 알고 있기 때문이었다.

더욱이 이번 브레스는 어스 드레이크가 자신의 최후를 깨닫고 마지막 남은 힘을 전부 모아 내뱉은 것이기에 더욱 강력했다.

그그긍!

"베리어!"

재식은 3클래스 방어 마법인 실드보다 2클래스나 더 높은 베리어 마법을 시전했다.

재식이 시전한 베리어 마법은 곧장 정미나와 권인하, 그리고 최수연이 있는 곳에 반구형의 막을 형성했다.

재식의 마법은 너무도 시기적절하게 들어갔는데, 막 최수연이 펼쳤던 실드 마법이 깨지기 직전에 그녀들의 몸을 감싼 것이었다.

그 때문에 실드 마법과는 그 단단함이 다른 베리어로 인해 3개의 실드 마법을 깬 후 힘을 잃은 어스 드레이크의 브레스는 베리어 마법으로 형성된 반구형의 막을 깨지 못하고 빗겨나갔다.

"하앗!"

재식은 그녀들에게 베리어 마법을 걸어준 것에 그치지 않고 브레스를 뿜고 있는 어스 드레이크의 턱밑으로 파고들었다.

그러고는 어스 드레이크의 앞발을 박차고 뛰어 올랐다.

점프를 하게 되면 몸이 공중에 뜨면서 행동에 제약을 받아, 만약 이 때 어스 드레이크가 공격을 한다면 피할 길이 없어진다.

그럼에도 재식이 이런 과감한 행동을 한 것은 브레스를 사용할 때는 어스 드레이크도 이에 집중하느라 다른 행동을 하지 못하기 때문이었다.

브레스라는 기술은 어스 드레이크의 최고 최강의 공격 스킬이지만 그만큼 컨트롤이 쉽지 않았다.

자신이 가지고 있는 마력과 대기 속에 흩어져 있는 마나(기)를 혼합하여 사용하는 것이라 이때 실수를 하게 되면 입 안에서 폭발을 일으킬 수도 있었다.

재식은 이러한 드레이크의 약점을 알고 있었기에 과감하게 어스 드레이크의 품안으로 뛰어들었다.

그리고 브레스를 사용하면서 머리가 낮아졌기에 머리와 목이 연결되는 아주 연약한 부위에 샤프 블레이드가 인첸트 된 카타르를 깊게 찔러 넣었다.

푸욱!

"블러드 붐!"

어스 드레이크의 목에 카타르를 찌른 재식은 더 이상 생각할 것도 없이 자신의 공격이 성공하기 무섭게 폭발 마법의 일종인 블러드 붐 마법을 시전했다.

블러드 붐은 이름에서도 알 수 있듯 피에 들어 있는 마력을 이용한 폭발 마법이었다.

다른 폭발 마법과 다른 점은 이뿐만이 아니었다.

다른 폭발 마법은 겉에서 안으로 대미지를 입히는 반면, 블러드 붐 마법은 피가 있다면 어디서든 폭발을 일으켰다.

물론 전제조건이 겉에 피가 있어야 한다는 점이었는데, 지금 재식은 어스 드레이크의 목에 날카로운 카타르의 날을 박아놓은 상태였다.

그러니 턱 안에 있는 혈관도 찢겨져 피가 나고 있었다.

그러다 보니 방금 재식이 시전한 블러드 붐 마법은 어스 드레이크의 턱 밑에서 턱 안으로 폭발을 일으켰다.

끄앙!

어스 드레이크의 턱밑에서 폭발이 일어나면서 어스 드레이크의 머리가 위로 들렸다.

그 때문에 어스 드레이크의 브레스는 헌터들이 있는 방향에서 벗어나 허공으로 흩어졌다.

"와아!"

"총공격!"

어스 드레이크의 최후의 공격이 허공으로 사라지는 것을 목격한 박용식은 큰소리로 총공격을 외쳤다.

와와!

콰과광!

쿵쾅!

어스 드레이크의 브레스 공격을 피하기 위해 뒤로 물러났던 헌터들은 마치 파도처럼 어스 드레이크를 향해 달려들며 공격을 가했다.

〈『헌터 레볼루션』 7권으로 계속…〉